Imma Vittozzi

Luna

1

Il fato è da concepire, non superstiziosamente ma scientificamente, come la causa eterna in virtù della quale le cose passate sono avvenute, le presenti avvengono, le future avverranno.
(Marco Tullio Cicerone)

Quando i miei pensieri sono ansiosi, inquieti e cattivi, vado in riva al mare, e il mare li annega e li manda via con i suoi grandi suoni larghi, li purifica con il suo rumore, e impone un ritmo su tutto ciò che in me è disorientato e confuso.
(Rainer Maria Rilke)

Prefazione

Il Fato è un motivo ricorrente nella letteratura. Quando lo si accompagna al sentimento, all'amore ed alla redenzione da situazioni negative, riesce a creare una trama avvincente che appassiona e commuove. Imma Vittozzi è sicuramente riuscita a realizzare tutto ciò. Nella sua seconda opera: "Luna", traspaiono nell'autrice le profonde passioni: la dedizione alla famiglia intesa come microcosmo da coltivare, coccolare ed amministrare con dedizione nel corso della vita. E poi: il mare, i viaggi ed il saper visitare nuovi posti, non con l'occhio del viaggiatore frettoloso, ma lentamente, andando alla scoperta del particolare, di un'opera d'arte o delle usanze locali. Del resto, in questo romanzo Imma matura ancora di più la capacità di descrivere i sentimenti, come già ha fatto nella prima opera: "il profumo del mare". Se in quella teneva con struggente sensibilità, il diario del periodo familiare, vissuto durante il lockdown da coronavirus, qui prende per mano il lettore e lo conduce alla ricerca della storia di una famiglia persa e ritrovata. Sempre con l'aiuto del Fato, o lo si voglia chiamare: coincidenza, fortuna, caparbietà. Il tutto in una prosa che è sempre avvincente, mai scontata, e che fa divorare le pagine. É una scrittrice che va incoraggiata in questa ricerca di sé stessa, dei suoi sani interessi. Quest'opera è condita dalle esperienze dei suoi viaggi.
Esperienze sempre vissute con la amata famiglia. É da rimarcare poi come Imma sia sempre guidata dal pensiero del bene come traguardo finale. In ciò si riflette la vendita benefica effettuata con la sua prima opera. Presumo nel momento in cui scrivo, che anche "Luna", servirà a tale nobile scopo…..pertanto Buona Lettura

G.V. Napoli 6
luglio 2021

Capitolo 1

La striscia di sabbia bianca si stendeva all'infinito e dava la sensazione di non poter tenere gli occhi aperti. Il riverbero del sole era forte a quell'ora, e rimbalzava sulle onde e sulle piccole dune regalando una piacevole sensazione di calore.

Luca cominciò ad assaporare quel sottile piacere che dà il tocco vellutato della sabbia caraibica, leggera come borotalco e morbida come il pelo di Kizzy, il suo pastore tedesco che aveva dovuto lasciare in città. Sembrava la cornice perfetta di uno splendido quadro, dove i colori ad olio omaggiavano una natura incontaminata, limpida e selvaggia, sfacciata e rassicurante allo stesso tempo. Sarebbe rimasto lì all'infinito, con gli occhi semichiusi, per non perdere del tutto il contatto con la realtà. Però in sottofondo cominciò a sentire quel lieve rombo, e il rumore delle onde che si increspavano, era il segnale che avrebbe dovuto muoversi alla svelta. Lì le estati erano così, non facevi a tempo a vedere le nuvole, ed improvvisamente ti trovavi al centro di una tempesta, violenta e veloce allo stesso tempo, già gli era capitato altre volte di tornare bagnato fradicio in albergo.

Si alzò di scatto, raccolse il telo e la borraccia e li gettò nello zaino, salutò l'orizzonte e si incamminò per lo stretto sentiero che conduceva al piccolo albergo dove alloggiava. Il bastone di giunco gli serviva per spostare le liane e le grosse foglie che cadevano dagli arbusti fitti, aveva imparato a fare così dal primo giorno in cui era arrivato ed era inciampato procurandosi una storta ad un piede. Carlos, il proprietario dell'albergo non si preoccupava molto di questi particolari, gli bastava guadagnare quel tanto per vivere, e si godeva l'aria che respirava su quell'isola, e il fresco che gli regalavano le morbide palme che creavano piccole oasi d'ombra dove dormire appena il corpo e la mente ne sentissero l'esigenza.

Posò i piedi nudi sul pavimento di legno scuro dell'androne della casa e sentì dietro di lui il rumore delle prime gocce che cadevano fitte sulle foglie degli alberi. Aveva fatto giusto in tempo stavolta! La risata di Carlos lo accolse insieme a quella ventata di allegria e buonumore che caratterizzava gli abitanti di quell'isola. Sembrava quasi che la serenità abitasse su quelle spiagge da sempre, insieme alla musica e al ritmo che scandivano ogni momento della loro vita. "Alè Luca, ti vedo asciutto stavolta! Ti meriti un goccio di rhum". Luca lo guardò ricambiando il suo sorriso, e pensando tra sé che non avrebbe mai immaginato di bere rhum a quell'ora del mattino... ma i Caraibi ti fanno fare anche questo.

Si adagiò sull'amaca aperta sul patio della casa e cominciò ad assaporare con gli occhi chiusi e a piccoli sorsi quel dolce nettare. L'orizzonte laggiù gli regalò ancora una volta quella visione magica, le nuvole erano sparite e il mare sembrava di un azzurro ancora più intenso, trasparente a tal punto da fare un tutt'uno con il bianco del fondale, e donando ai piccoli pesci che nuotavano in cerchi concentrici, un delizioso habitat dove poter vivere indisturbati. Le noci di cocco erano state allineate quella mattina sul tronco piatto di un albero, per fare bella mostra di sé ai turisti che sarebbero passati di lì, e ne avrebbero chiesto un pezzo, per farsi poi la loro foto ricordo mentre assaporavano quelle delizie guardando il mare.

Punta Cana era una delle mete preferite dei viaggiatori, molto pubblicizzata e ricca di angoli fantastici. Luca lo sapeva e proprio per questo aveva accuratamente evitato i magnifici resort che sorgevano sulla spiaggia, e aveva preferito quel piccolo albergo un po' nascosto, e senza grandi pretese. Ma a conti fatti era andata bene così, Miguel, il figlio di Carlos era un ottimo pescatore, e la zuppa di crostacei che mangiava lì era semplicemente favolosa. Le stanze erano grandi e pulite, semplici negli arredi, ma ben ventilate, e la sera guardare le stelle da quel terrazzino era davvero piacevole. Ormai dopo tre giorni che si trovava lì, aveva quasi dimenticato il lusso e i piccoli capricci che si concedeva ogni giorno a Milano.

La sua casa d'aste si trovava a Brera, nel vecchio quartiere degli artisti. Gli era sembrato giusto posizionarla proprio lì, dove erano vissuti e avevano lavorato tanti pittori.

La sua passione per la pittura era cominciata a otto anni, quando per la prima volta aveva messo piede ad una mostra insieme ai suoi genitori, la sua bella mamma e il suo papà, uno stimato professionista.

La carriera medica del padre lo affascinava, ma non era fatta per lui, cominciò a capirlo abbastanza presto. L'odore di disinfettante che respirava quando si recava sul suo studio, gli ricordava subito la malattia, ed era un qualcosa da cui voleva tenersi alla larga.

Dopo averci pensato un po', decise che una laurea in economia gli poteva comunque servire e così si iscrisse al corso di economia alla Bocconi. Avere una certa esperienza in campo finanziario gli poteva tranquillamente tornare utile.

Quei cinque anni erano passati veloci, e ben presto, grazie anche al giro di amici che aveva, cominciò ad occuparsi di piccola contabilità, e iniziò a lavorare giovanissimo...e nel frattempo continuava a frequentare mostre, e a girare i mercatini degli antiquari.

"Ehi Luca, oggi per pranzo niente pesce, Miguel mi ha dovuto aiutare a sbrogliare le reti, la mareggiata di ieri me le aveva completamente ingarbugliate, ci sono volute due ore per rimetterle in sesto. In compenso avrai la zuppa di verdure di mama Olga."

Quella donna era un'istituzione su quella spiaggia, la conoscevano tutti. Era la moglie di Carlos, e aveva un piccolo negozio proprio sulla sabbia. Le pareti erano di canne di bambù, e dentro potevi trovarci l'impossibile. Ma il suo punto di forza erano le tele ad olio che i pittori locali dipingevano, raffigurando le donne colorate di quei posti, e i magnifici scorci di quell'isola. Non c'era turista che non avrebbe comprato uno di quei quadri, grazie alla sua insistenza, e alla sua simpatia. Era stata proprio lei, ad indirizzare Luca nell'albergo del marito. Il "Royal Punta Cana", aveva volutamente un nome altisonante, per cercare di attrarre. Ma era più una casa, che un albergo. Eppure lì, Luca si era subito sentito a proprio agio. Quella famiglia semplice gli aveva aperto davanti agli occhi un mondo diverso. Il guadagno aveva la funzione di soddisfare le piccole esigenze quotidiane, e le spese di gestione, e qualche concessione che ogni tanto mama Olga si regalava. Come quella collana di pietre azzurre naturali che le piaceva tanto. Quel mese aveva venduto una gran quantità di tele, e così aveva deciso che avrebbe potuto permettersela. Carlos e Miguel erano felici per lei, e la guardavano con ammirazione.
Erano accaniti lavoratori, ma senza di lei, e le sue capacità di pubblicizzare il negozio e l'albergo non se la sarebbero cavata. Conosceva tutti i segreti di quell'isola, e aveva una parlantina instancabile, e chi la conosceva non riusciva mai a capire bene se i suoi racconti fossero reali o frutto di fantasie. Luca amava chiacchierare la sera con lei, e condividere la passione per la pittura, perché doveva ammettere che pur essendo una profana, aveva una innata finezza di gusto che la contraddistingueva, e le faceva acquistare dai pescatori del posto le tele più belle, che poi lei rivendeva ai turisti.
Le giornate trascorrevano lente sull'isola, ma con una

8

pienezza di sensazioni che Luca non ricordava di aver mai provato a Milano.

Quella mattina si era svegliato all'alba, si era affacciato sul terrazzino della sua camera, e si era trovato davanti agli occhi uno spettacolo che difficilmente avrebbe mai avuto l'occasione di rivedere. L'oscurità cedeva il posto ad un chiarore diffuso, e un raggio rosso si specchiava nell'acqua, creando sulla superfice una sorta di arcobaleno, la sabbia bianca faceva da cornice e in lontananza si avvicinava sempre di più un branco di delfini, che come in una danza creavano fontane d'acqua con il loro continuo movimento. I grossi pesci approfittavano del momento tranquillo e solitario per impossessarsi della costa, che durante il giorno era animata dalle persone, e godevano di quel mare tutto per loro.

Luca pensò che in quell'attimo la natura offriva ai suoi occhi uno spettacolo unico, e pur essendo schivo dal provare forti emozioni, non poté fare a meno di rimanere senza fiato. Si scosse da quella visione, e andò in bagno a farsi una doccia, pensando a quello che doveva cominciare ad organizzare, per dare un senso a quel suo viaggio ai Caraibi.

"Ehi Luca, ti sei svegliato presto stamattina". Gli occhi scuri di Miguel, lo accolsero sorridendo nella piccola stanza al piano terra che era stata attrezzata per offrire la colazione agli ospiti dell'albergo. Un buon odore di caffè si spandeva nell'aria, misto a quello di zucchero caramellato con cui Mama Olga amava guarnire le sue torte. Sulla mensola nell'angolo facevano bella mostra di sé, i tanto amati sigari, che i clienti acquistavano volentieri, per goderseli sul posto, o portarli come regalo agli amici al ritorno del loro viaggio.

"Miguel, prendo un cubano, segnalo sul mio conto."
"Okay Luca, ma stamattina offro io, ti faccio iniziare bene la giornata". Era così quel ragazzo, aveva

ereditato dai genitori la capacità di farti sentire a casa tua, anche se in quel momento ti trovavi dall'altra parte del mondo.

Era tutto diverso lì, la natura, le persone, il clima, la vegetazione, eppure ci si adattava abbastanza presto a tutti quei cambiamenti... Milano con la nebbia, il traffico, gli uffici, il lavoro continuo e serrato sembravano in quel momento non appartenergli, anche se li aveva lasciati appena tre giorni prima. Aveva volutamente deciso di concedersi un po' di giorni senza pensare a nulla, prima di dedicarsi a quello che era lo scopo della sua venuta in quel posto.

Lo squillo del cellulare lo fece sobbalzare all'improvviso. Era Giulia, accidenti, aveva dimenticato di chiamarla, in questo momento da lei doveva essere quasi notte. "Ciao tesoro, tutto bene?" "Se ogni tanto ti ricordassi di me andrebbe meglio...ma ormai sono rassegnata, ti auguro solo che questo viaggio serva a rimetterti in sesto, qualche volta l'ho pensato anch'io che il tuo continuo correre per lavoro, non ti concedeva un attimo di tregua, e avevi sicuramente bisogno di una pausa. Buona giornata tesoro, e mandami qualche foto di quei posti fantastici, a me che sono avvolta nella nebbia!" Giulia era la sua compagna da un anno ormai e lo conosceva abbastanza bene, ma non a tal punto dal rendersi conto che il lavoro era per Luca l'essenza stessa della sua vita.

Era cominciato come una passione, e gli aveva fruttato guadagni notevoli con il passare del tempo, soprattutto grazie all'esperienza acquisita, che gli permetteva di concludere buoni affari. Aveva poco più di quarant'anni, ma ormai i collezionisti lo chiamavano da ogni parte del mondo, perché nelle sue aste lui riusciva a reperire gli oggetti più rari e i legittimi proprietari erano ben lieti di affidarli a lui, perché sapevano che sarebbero riusciti a venderli abbastanza facilmente. Non era lo stress che lo aveva condotto su quell'isola, ma ben altro. Non gli andava però di dirlo a Giulia, c'era in ballo qualcosa di molto importante, e meno ne parlava, meglio sarebbe stato per tutti.

Salì in camera e prese lo zaino, cosa c'era di meglio di un tuffo nell'oceano per schiarirsi le idee? S'incamminò per lo stretto sentiero di ghiaia e sassolini, e si diresse verso la spiaggia. La vita si svolgeva lì in quel posto, ad ogni ora della giornata incontravi gente, i giovani del luogo scendevano presto per organizzare le gite in barca per i turisti e comitive di ragazzi si informavano su chi rivolgersi per ottenere la migliore gita a prezzi abbordabili.

L'oceano incantava tutti, e l'idea di poter vedere una stella marina e magari di toccarla era un sogno proibito. Gli squali ogni tanto si facevano vedere, ma i pescatori del posto si davano la voce e mettevano in guardia tutti, difficilmente c'erano imprevisti e comunque era consigliato a tutti di non allontanarsi troppo dalla riva.

Le due barche che servivano a raggiungere Saona già erano pronte, e Miguel quella mattina aiutava Pablo ad accompagnare i turisti sulla piccola isola che ospitava solo due costruzioni, e per il resto era patria solo di palme, sabbia, e qualche piccola iguana che viveva tra la vegetazione. Una fila di turisti già faceva ressa per imbarcarsi, prendere i primi posti, e potersi godere quella meraviglia della natura. Luca si diresse nella direzione opposta, lontano dalla folla e raggiunse il piccolo chiosco che si trovava ai margini della fila di palme. Ormai bere un goccio di rhum anche di mattina era diventata una buona abitudine per lui. Mentre sorseggiava, decise che era arrivato il momento di esplorare la vera isola, prendere una macchina e capire cosa c'era all'interno, lontano dai resort, nel cuore di essa, e conoscere le persone del posto. Una certa agitazione lo prese, sapeva che quello che cercava di

11

fare era abbastanza difficile, ma d'altra parte era ormai abituato a porsi continue sfide e perciò decise che non doveva pensarci più su, e la cosa migliore da fare era cominciare ad esplorare la capitale e mettersi in cerca…. non sarebbe stata comunque un'impresa facile.

Si incamminò verso la strada alle spalle dell'albergo, in cerca del capanno che aveva visto appena era arrivato lì. Un giovane dominicano era lì per fittare piccole imbarcazioni, macchine e per organizzare i vari tour sulla costa.

"Ehi, buongiorno mi servirebbe un'auto per tutta la giornata, ho la necessità di arrivare a Santo Domingo e tornare in serata, nel caso dovessi pernottare lì, vi avviso." "Ok, amigo, siamo qui a disposizione, vieni con me, ti faccio vedere le auto che ho in questo momento, basta che la scegli ed è tua, c'è il pieno. L'unica cosa che devi fare è riportarmela con il pieno di carburante." Non aveva particolari pretese, gli serviva solo un mezzo di trasporto, e così scelse una piccola auto, firmò il foglio di accompagnamento, e si mise alla guida.

Capitolo 2

La strada che conduceva in città era una vera e propria escursione in mezzo alla natura. Una fitta vegetazione si parò innanzi ai suoi occhi, e attraverso il fogliame ampi sprazzi di azzurro intenso. I parchi lì, erano famosi per la loro bellezza, e in lontananza il mare offriva agli occhi un meraviglioso spettacolo. Il tragitto non era molto lungo e in poco più di due ore sarebbe arrivato a destinazione. I pensieri si accavallavano nella mente, con la consapevolezza di aver lasciato a Milano la sua casa d'aste, per imbarcarsi in un'avventura a dir poco strana.

La strada scorreva dinanzi ai suoi occhi, e lui rivedeva davanti a sé il viso di Giulia, l'allegra compagna che accettava con leggerezza quei lati ombrosi del suo carattere, senza fargli troppe domande. Era vissuto con la consapevolezza di dover fare una carriera sconosciuta, in un campo in cui la sua famiglia non avrebbe potuto aiutarlo, e perciò aveva affinato il suo istinto già di per sé acuto, che gli permetteva di percorrere le strade giuste, quelle che lo avrebbero condotto al successo dell'impresa. Non sempre era stato facile, e non sempre era arrivato il successo. Ma aveva imparato a sue spese, che rialzarsi in fretta dopo una caduta, era il modo migliore di andare avanti.

Il suo primo socio non era stato all'altezza della situazione. Mite, senza grande esperienza, non riusciva a barcamenarsi tra le tante offerte che arrivavano e si perdeva nella scelta.

La cura del catalogo era fondamentale, e in ogni sessione era indispensabile avere un pezzo importante, di quelli che servono per richiamare l'attenzione. Ma per fare questo era necessario saper seguire i gusti e le mode del momento, e anticipare quelle che sarebbero state le richieste. Un lavoro di competenza, responsabilità, e colpo d'occhio allo stesso momento. Ma un po' alla volta Luca si era reso conto che ormai era lui che si incaricava di tutto, dalla scelta, alla cura dei dettagli nell'allestimento, e persino all'impaginazione del catalogo, cercando di capire quale doveva essere la giusta cronologia. Un lavoro accurato e certosino che bisognava organizzare nei minimi dettagli e che richiedeva molto tempo. Ma la passione era tanta, e la voglia di riuscire bene era forte. Così ogni volta si buttava a capofitto nell'impresa, e cominciava con il prendere contatti con i venditori, bisognava fare una prima selezione delle opere che dovevano essere immesse sul mercato.

Poi il secondo passaggio era destinato agli esperti.

Qui la scelta era difficile, anche se la casa d'aste si riservava sempre di avere una forte copertura assicurativa, era indispensabile avere al proprio fianco i migliori che ci fossero. Gli era capitato di trattare quadri di autori importantissimi, e anche se i proprietari gli fornivano eventuali tracciamenti dell'opera d'arte, aveva imparato che bisognava essere molto cauti. Questo lavoro richiedeva mesi, e si concludeva solo nel momento in cui veniva allestita la mostra degli oggetti messi in vendita. Gli acquirenti però, venivano contattati per tempo, con un lavoro di pubblicità, e con la messa in circolazione dei cataloghi, che venivano regalati ai clienti più affezionati, i collezionisti che erano sempre in cerca di un buon affare, e non erano mai sazi di possedere gli oggetti più rari. Poi finalmente arrivava il fatidico giorno, quello dell'asta. Luca si recava nella sede con largo anticipo, era solito accogliere personalmente i clienti, dare loro il benvenuto, e offrire un cocktail prima dell'inizio.

L'eccitazione era tanta, si sentiva nell'aria, somigliava un po' ad un debutto teatrale, e la sua sciolta parlantina, e le sue capacità di intrattenitore, catalizzavano l'attenzione di tutti. Ognuno cercava un consiglio, un'imbeccata che l'aiutasse a centrare il proprio obiettivo. E lui cercava di accontentare tutti, facendo sentire ogni cliente al centro della sua attenzione. Le ricordava tutte le aste, e le vendite migliori che aveva realizzato nella sua carriera. Ma era diventato anche lui insaziabile, come i suoi migliori clienti, e cercava

14

ogni volta di migliorarsi, e diventare sempre più esperto in questo campo. Si rese conto a quel punto che il suo socio ormai era diventato pressocché inutile, ma prima di allontanarsi da lui, aveva bisogno di qualcuno che lo sostituisse, perché da solo non ce l'avrebbe fatta, sia a livello economico che organizzativo.

Ricordava bene quella mattina d'inverno a Milano. Scese di casa di buonora per parlare con Stefano. La sua correttezza gli imponeva di avvisarlo per tempo che aveva deciso di staccarsi da lui. Ma non era facile. Erano amici da molti anni, e avevano condiviso i momenti più difficili degli esordi, quando nessuno li conosceva, e cercavano di farsi pubblicità tra gli amici. Poi erano arrivati i primi guadagni, e le prime soddisfazioni. Ma già da lì era cominciata una certa incompatibilità. Luca era stato abituato dalla famiglia a lavorare sodo, e a dare il meglio di sé. E perciò non smetteva mai di studiare, e di acquisire nuove conoscenze.

Stefano viveva diversamente. Abituato fin da piccolo ad avere tutto, gli piaceva fare la bella vita, e cominciò a spendere tutto quello che guadagnava. Era un buono in fondo, ma non riusciva a mettere un punto alla sua esistenza, e si perdeva tra le tante cose che amava fare, senza concentrarsi abbastanza nel lavoro. Ma la collaborazione tra i due andò avanti comunque per diversi anni. Erano cresciuti insieme, e si volevano bene come fratelli, ma avevano caratteri completamente diversi. Luca mentre viaggiava in macchina verso Santo Domingo, ripensò a tutte le volte che aveva dovuto occuparsi di lui, e cercare di rimediare ai suoi errori. Eppure non riusciva ad arrabbiarsi, come quando ti trovi difronte ad una persona che conosci bene, e sai che nulla la potrà cambiare. Ma un po' alla volta si era reso conto di essere arrivato ad un punto di non ritorno, e la cosa lo rattristava molto.

Entrò svelto nell'androne e salì le scale, tanto valeva affrontare subito la situazione.

Il palazzo antico era stato scelto con cura, lo scalone aveva una raffinatezza di altri tempi, e quando si trovava lì, si sentiva davvero a suo agio. Varcò la soglia della porta a vetri, ed entrò, la segretaria lo accolse con un sorriso e gli comunicò che Stefano già si trovava nel suo ufficio. La cosa lo sorprese non poco, non era sua abitudine arrivare presto. "Ciao socio, sorpreso di trovarmi già qui?". Il sorriso di Stefano aveva il potere di disarmarlo, era il suo amico di sempre, il fratello che non aveva avuto, il compagno di tante avventure, e da sempre occupava un piccolo posto nel suo cuore. "So già, quello che mi vuoi dire, è nell'aria già da un po'. Perciò stamattina sono sceso presto, ho pensato che sarebbe stato meglio, e conoscendoti, sapevo che c'era qualcosa che non avevi il coraggio di dirmi."

Ancora una volta lo spiazzava, si era costruito tutto un discorso in mente, ma arrivati a quel punto era perfettamente inutile. Si guardarono a lungo, in silenzio, senza sapere cosa dire, o forse sapendo bene che era perfettamente inutile aggiungere altre parole. Stefano aveva volutamente reso facile il suo compito, perché conosceva bene i suoi difetti, sapeva che quel lavoro non faceva più per lui, e che Luca era molto più avanti, e così, anche se per lui era doloroso, perlomeno questo glielo doveva, uscire di scena senza fare troppe storie. I due si abbracciarono, si strinsero forte. "Per me sei un fratello, e lo sarai sempre, ricordatelo, in qualsiasi momento avrai bisogno di me, chiamami".

Lo vide andarsene, e avrebbe voluto dirgli qualcosa, ma conoscendolo, sapeva bene che non avrebbe accettato aiuti, e sarebbe andato dritto per la sua strada, e per la prima volta si sentì impotente.

Capitolo 3

La strada correva dritta davanti a lui, e si rese conto che il tempo era passato senza che lui se ne accorgesse. Era quasi mezzogiorno, e Santo Domingo ormai doveva era essere vicina. La strada costeggiava il mare, con un susseguirsi di palme e piccole dune di sabbia. La vegetazione cominciava a diradarsi, e le mangrovie lasciavano il posto alle prime costruzioni di cemento che si intravedevano in lontananza. La città era vicina, e offriva ai suoi occhi un paesaggio che non si aspettava di vedere. Era un misto di antico e moderno allo stesso tempo. I palazzi ultramoderni creavano un reticolo di strade e stradine, e i colori degli abitanti e dei negozi offrivano un allegro e spensierato spettacolo. La vegetazione era fitta e lussureggiante, e capannelli di persone si intrattenevano a cantare e ballare agli angoli delle strade.
"Ho viaggiato spesso, ho visto tanti posti, ma l'aria che si respira qui ha qualcosa di magico, è come se le persone avessero una serenità dentro, che fa parte di loro, nata tra queste strade, che ti prende e ti fa stare bene, che ti dà la voglia di ballare con loro, come se lo facessi da sempre".
Questi erano i pensieri nella mente si Luca, e lo sorprendevano non poco. Aveva voglia di scendere da quella macchina, sorridere alla gente e cantare con loro. I dominicani erano abituati ai turisti, e li consideravano amici con grande facilità, li coinvolgevano nella loro vita, nelle loro usanze, mostravano loro le bellezze del posto. La vita sembrava avesse un altro aspetto, lontano dagli affari, la carriera, i soldi, il successo. Tutto quello che prima era indispensabile, qui assumeva un altro valore. Luca si scosse all'improvviso, forse la sua mente aveva cominciato a fantasticare, e forse attribuiva a quei luoghi una valenza che probabilmente, nella realtà non avevano. Sapeva veramente poco di quei posti, di quella gente, e non doveva lasciarsi confondere inutilmente. La sua natura guardinga ritornò a

farsi sentire e a suggerirgli come doveva comportarsi. In ogni caso era contento di essere lì, e per la prima volta, da quando era partito, cominciò a sentirsi un po' più rilassato. La "calle", la lunga strada che stava percorrendo, lo conduceva al centro della città.

Santo Domingo vantava di essere il più antico insediamento spagnolo del mar dei Caraibi. Le testimonianze della venuta di Cristoforo Colombo erano sparse un po' ovunque. La cattedrale gotica si ergeva in tutta la sua bellezza e ricordava ai visitatori che quel posto in passato era stato teatro di dominazioni occidentali. Il lusso si intravedeva qua e là con alberghi a cinque stelle, che strizzavano l'occhio al turismo più esigente, ma contrastavano con l'immagine di catapecchie che ogni tanto spuntavano lungo la strada che bisognava percorrere prima di arrivare in città. La repubblica dominicana viveva le contraddizioni che esistevano in tutte le isole dei Caraibi. Un divario enorme tra ricchi e poveri, e lo sfruttamento della povertà, a favore della ricchezza. Non c'era bisogno di molto per capirlo. Forse in quel momento, la sua natura indagatrice, voleva capire quella gente e conoscere a fondo quei luoghi. Il motivo reale per cui era arrivato lì, avrebbe potuto aspettare per un po'...

Parcheggiò la macchina lungo il viale e si incamminò senza una meta precisa. Guardava le vetrine dei negozi e cominciò a osservare con curiosità quella moltitudine di colori e oggetti di legno dalle forme più svariate. La sua propensione per l'arte si faceva sentire anche in quelle circostanze e ciò che lo affascinava di più, erano i dipinti ad olio, che facevano bella mostra di sé. Imbarcazioni, palme, donne dal portamento eretto e fiero, pescatori, tutta la vita caraibica veniva raccontata in quei dipinti. Rimaneva veramente ben poco all'immaginazione. "Segnor, segnor, vieni con me, ti faccio vedere io il più bel negozio!" Si girò di scatto, e vide un ragazzino dagli occhi neri, un largo sorriso, e un misto di innocenza e furbizia che trapelavano dal suo sguardo. Luca rise, e accettò di buon grado di seguirlo. D'altra parte non aveva niente da perdere. "Mi dici come ti chiami?" "Pedro segnor, per servirvi." Fu la veloce risposta, e nel frattempo gli indicò di svoltare a sinistra per una stradina più stretta.

Da una finestra al primo piano arrivava una musica veloce e ritmica. Il "Merengue" era il ballo ufficiale di quei posti, e ogni occasione era buona per cominciare a ballare. Dall'alto una giovane ragazza gli sorrise e gli strizzò un occhio, e con la mano lo invitò a salire e ballare con lei. Luca sorrise, ma andò oltre, rischiava di perdere il ragazzino che nel frattempo camminava a passo spedito, con la sicurezza di chi si trova nel proprio ambiente. "Dove mi stai portando? Si può sapere?" "Tu seguimi e lo saprai." Fu la veloce risposta. "Accidenti, questo piccoletto sa il fatto suo, crescono alla svelta i ragazzini qui. Chissà cosa ha in mente, e perché mi ha chiesto di seguirlo. Forse sbaglio a fidarmi di lui, ma qualcosa mi dice che va bene così, e devo fare quello che vuole lui. Mi piace il suo modo di fare, e la sicurezza con cui ti guarda dritto negli occhi, senza darti il tempo di pensare." Le stradine si facevano sempre più strette, e le costruzioni avevano un po' alla volta perso la bellezza e il lusso di quelle che si trovavano sulla strada principale. Sul marciapiede di fianco a lui, una anziana dominicana avvolta in un vestito rosso fiamma, con gli orli sdruciti, e la manica rattoppata, lo guardò, con uno sguardo assente e allungò la mano per chiedergli qualche spicciolo. Ma Luca non ebbe il tempo di fermarsi, e continuò in quella strana corsa dietro a quel ragazzino, senza nemmeno sapere il perché. Due giovani fumavano, e si passavano una canna arrotolata, e i loro sguardi si perdevano in qualcosa di lontano, che probabilmente solo loro riuscivano a vedere in quel momento. Una vaga tristezza lo prese all'improvviso, con la consapevolezza che forse in quei posti non si sentiva del tutto al sicuro. "Cosa vorrà da me?", cominciò a chiedersi, e non riusciva a darsi una risposta. Tutto quello che gli veniva in mente, era che si stava per mettere in una avventura, che

19

non avrebbe mai pensato di vivere. "Stai tranquillo segnor, qui mi conoscono tutti, se stai con me, non ti succederà nulla! Ma del resto noi non facciamo del male a nessuno, sono più le volte che gli stranieri ne fanno a noi!" Continuarono in quello zigzagare per le stradine, e Luca si rese conto a un certo punto di aver perso completamente il senso dell'orientamento. Davanti a lui vedeva soltanto una fila di vecchie case, ad ogni uscio una tenda colorata cercava di abbellire quelle che avrebbero dovuto essere abitazioni, ma il risultato non era dei migliori. Gruppetti di bambini correvano veloci ridendo, e rincorrendosi cercavano di acchiapparsi tra loro. "Ehi Pedro, vieni con noi! Facciamo una corsa alla spiaggia e poi torniamo a casa!" "No ora non posso, vi raggiungo più tardi." Si girò e strizzò l'occhio a Luca, "Segnor siamo arrivati, ti faccio conoscere la mia mamma." Alzò la tenda ed entrò piano nell'uscio. Una sala illuminata dalla luce che entrava dalla finestra era piena di piccoli oggetti di legno colorato. Sul tappeto sbiadito, un bambino gattonava cercando di prendere con le sue manine una pallina di legno azzurro. Alle pareti appoggiate per terra c'erano una gran quantità di tele dipinte ad olio. Una in particolar modo attrasse l'attenzione di Luca. Si trovava proprio difronte a lui, doveva essere perlomeno un metro e mezzo per lato, e i colori erano sfumati quasi a cogliere tutte le gradazioni che l'alba ai Caraibi riusciva ad offrire ad un occhio attento. Una donna dritta in piedi in una piccola imbarcazione, immergeva la pagaia nel mare turchese, e gli uccelli accompagnavano quel suo lento cammino. Un chiarore diffuso faceva capire che il giorno stava per affacciarsi all'orizzonte, e una luna lucente stava per tuffarsi nel mare cercando di scomparire allo sguardo. Le onde riflettevano con la loro limpidezza, l'ombra della barca e la figura snella della donna, e la pagaia sembrava inabissarsi all'infinito. "Accidenti, è davvero bello questo quadro." Pensò Luca, meravigliandosi che in quel posto, potesse trovare una tale finezza di espressione. "Pedro sei tu? Mi fai

20

sempre stare in apprensione, scompari per le ore intere, e non so che fine hai fatto." "Si mamma sono io, e sono venuto in compagnia." A queste parole, una giovane donna entrò svelta nella camera, e fulminò con lo sguardo il piccolo Pedro. "Mi scusi segnor, lo dico sempre a mio figlio che deve lasciare in pace le persone. Ma non c'è niente da fare." L'ovale del viso era incorniciato da una massa di capelli corvini, che scendevano in un'unica treccia poggiata sulla spalla destra. Il portamento eretto e la fronte alta davano fierezza al suo portamento. I lunghi occhi scuri e i candidi denti spiccavano sulla pelle ambrata. Una leggera camicia bianca era stretta in vita da una lunga gonna arricciata. E le sottili gambe si chinavano per prendere da terra tutti gli oggetti sparpagliati sul tappeto. "Ramon, hai buttato tutto all'aria!" Disse ridendo. Luca la fissò, e non riusciva a nascondere la sua ammirazione per quella bellezza naturale e senza alcun artificio. "Non avrà nemmeno trent'anni pensò." Ma in quel momento si rese conto che doveva dire qualcosa, perlomeno per presentarsi...ma fu lei ad anticiparlo. "Pedro lo sa, che due volte a settimana vado giù in città al mercato, e porto con me gli ultimi quadri che ho realizzato per venderli. Ma lui ogni tanto costringe qualche turista a venire fin qui, per farglieli vedere. Mi scusi della sua invadenza, io lo rimprovero sempre, ma non mi ascolta... anche se lo fa per me, per darmi il modo di guadagnare qualcosa in più."
"Non si preoccupi, mi ha fatto piacere venire fin qui, deve essere fiera di suo figlio, è un ragazzo svelto e in gamba, e mi ha dato l'occasione di ammirare i suoi quadri, sono molto belli."
"Grazie segnor, lei è molto buono, io dipingo da quando avevo otto anni, mia mamma per farmi stare tranquilla mi dava i colori naturali, le polveri colorate che essiccava lei stessa al sole, e io trascorrevo le ore a dipingere, e quella passione non mi ha mai abbandonata."
"Conosco bene questa passione! Ne so qualcosa, la pittura riesce a farti dimenticare tutto, quando contempli un quadro,

è come se ti immergessi in un'altra dimensione, lontano dal tempo e dallo spazio che ti avvolgono, ed entri in quella del quadro, e cominci a vivere un'altra vita. Tutto quello che prima ti dava ansia, fretta, lascia il posto ad una calma e serenità, che respiri insieme ai colori del quadro, lasciandoti prendere dal suo fascino, e dalle sue sfumature, e dalla storia che il pittore ha voluto trasmetterti con quelle immagini. E dalla forza che lui stesso ha impresso sulla tela bianca, e dalla vita che lui ha inteso di trasmetterti. Non c'è quadro che non abbia una storia, dietro di sé, e se riesci a penetrare in esso, ne coglierai tutta la sua meravigliosa bellezza."

Le sue parole avevano colto nel segno. Luna, questo era il nome della giovane donna, era rimasta colpita dal suo fervore, e dalla passione che quell'uomo aveva per la pittura. Era un sentimento che condivideva in pieno, ma che pochi riuscivano a capire, perché nessuno andava aldilà del quadro, e quei pochi che ci provavano, non riuscivano a penetrarlo fino in fondo come riusciva a fare lei. Ma adesso era arrivato quest'uomo che aveva la sua stessa passione, e la sua stessa sensibilità, e la cosa la riempiva di entusiasmo. "È bellissima la donna di quel quadro, sei tu vero? Però ha uno sguardo triste, come se qualcosa l'avesse ferita." Luna trasalì a quelle parole, "Si segnor", si limitò a dire". Ricordava bene il giorno in cui dipinse quel quadro. Era pomeriggio, e lei stava in casa con Pedro, lui giocava con il suo pupazzo preferito, un piccolo cane di peluche, il suo compagno con cui parlava sempre. Gli cantava una canzoncina e si toccava la pancia, ormai erano tre mesi che Ramon era dentro di lei, ma già lo amava pazzamente. Era sicura che fosse un maschio, e già aveva scelto il nome che gli avrebbe dato. Quel pomeriggio era perfetto, nulla avrebbe potuto turbarla, era felice così, con quel poco che aveva, con i quadri che le permettevano di guadagnare qualcosa, e con quel poco che ogni tanto le dava Josè, il suo compagno. Un velo le oscurò il viso, pensando a lui. Non riusciva a trovare un lavoro fisso, e negli ultimi tempi stava sempre di meno a casa.

Tre giorni prima era tornato ubriaco, non era mai successo prima...e incolpava sempre più spesso lei della sua infelicità, dei suoi insuccessi, e della sua incapacità di gestire la sua vita. Luna lo ascoltava piangendo, e non riusciva a capire, quell'uomo però un po' alla volta, le stava togliendo tutta la sua forza, e la sua capacità di reagire. Ormai se ne era resa conto, cominciava ad aver paura di lui. Quel pensiero era diventato un tarlo fisso nella sua mente, e ogni volta che il suo compagno le parlava, lei inevitabilmente, si poneva sulla difensiva, non riusciva più a rimanere tranquilla.

Quel pomeriggio Josè tardava ad arrivare, ormai era quasi buio, e lei aveva la cena pronta, ma non sapeva che fare. Pedro voleva aspettare il papà per salutarlo, ma gli occhi gli si chiudevano. Luna chiuse la finestra, sentiva improvvisamente un brivido di freddo. La porta si spalancò all'improvviso, e Josè si scagliò dentro con tutta la sua rabbia: "E' colpa tua, da quando sto con te, non me ne va una buona, ho tardato a consegnare un pacco, e il mio principale mi ha licenziato!" Un odore acre di alcool si diffuse nella stanza, e il vaso colorato che Luna aveva realizzato quella mattina con l'argilla cadde rovinosamente per terra, frantumandosi in mille pezzi. Pedro cominciò a piangere, gli occhi di Josè erano iniettati di sangue. Luna avvertì un sussulto nella pancia, e nello stesso istante sentì un violento colpo sulla tempia, l'aveva colpita con tutta la sua forza. "Non aspettarmi stasera, non so se tornerò, tu e questo moccioso ormai siete un peso per me". Furono le ultime parole che sentì, perché un violento dolore all'addome la fece svenire. Si risvegliò nel letto dell'ospedale, non sapeva come fosse finita lì. Pedro era vicino a lei, il suo faccino preoccupato la guardava con ansia. In quel momento comparve un'infermiera che le fece un sorriso, e cercò subito di rincuorarla: "Signora, suo figlio ha urlato finché la sua vicina non è accorsa in casa sua, è lei che ha chiamato l'ambulanza. Ora deve stare tranquilla, ha avuto un leggero distacco di placenta, deve riposare, è già un miracolo che cadendo a terra svenuta non sia successo niente al piccolo".

Luna sapeva bene che era stavo il colpo violento che aveva ricevuto a procurarle tutto ciò, ma non lo avrebbe mai detto, non voleva dare altro dolore al suo bambino, era lui che l'aveva salvata. Nei giorni seguenti Josè non si fece più vedere, e lei riuscì a convincere il suo piccolo angelo che il papà quella sera era solo molto arrabbiato, e che non aveva intenzione di colpirla volontariamente, sicuramente continuava a voler bene a tutti e due.

All'inizio Pedro le aveva creduto, e ogni sera aspettava il papà guardando la strada dalla finestra, e facendo tante domande alla mamma. "Sai, stasera pensavo proprio che sarebbe venuto, stamattina la maestra mi ha fatto i complimenti, e lo aspettavo per raccontargli tutto. Ho tante cose da dirgli, vorrei fargli sapere quanto sono bravo, così non si arrabbia più." Quelle parole erano macigni per Luna, ma doveva sorridere, e far finta che andava bene così, che la vita doveva riservare anche a lei qualcosa di buono, e ci doveva credere, e doveva crescere quel piccolo uomo, con tutto l'amore possibile, e sperare di farcela da sola.…

Capitolo 4

A volte non sappiamo nemmeno noi stessi le capacità che sono nascoste in ognuno di noi, e la forza che nei momenti peggiori riusciamo a far venire fuori. Forse è la necessità che ci indica la strada, o il nostro adattarci alle circostanze. Anche quando queste sono terribili. A Luna mancava il fiato quando pensava che avrebbe dovuto sopravvivere con le sue sole forze, e avrebbe dovuto partorire da sola, ma non c'era via d'uscita. E quel giorno arrivò. Era una bella mattina di sole, e lei con il suo pancione era appena tornata dal mercato. Entrò nella stanza e guardò il quadro difronte a lei, la donna con la pagaia. Non aveva mai voluto venderlo, anche se glielo avevano chiesto mille volte, accidenti piaceva a tutti! Era un rapporto strano che aveva con quella tela, le ricordava quella serata terribile, ma non era mai riuscita a disfarsene. Come se ci fosse in lei la consapevolezza che il proprio passato non si può cancellare, e aspettava il giorno in cui sarebbe riuscita a guardare quel quadro riuscendo a rimanere indifferente. Ma era ancora troppo presto, e ogni volta che osservava lo sguardo di quella donna, sentiva il sangue raggelarsi. Però era contenta, negli ultimi tempi era riuscita a mettere da parte un po' di soldi, le vendite erano buone, e addirittura ormai al mercato si era sparsa la voce della sua bravura, e c'era anche qualcuno che la cercava espressamente per comprare proprio i suoi quadri.

Un dolore improvviso la fece piegare, forse era arrivato il momento. Cominciò a respirare più in fretta, e le fitte cominciavano a moltiplicarsi, doveva muoversi alla svelta. Chiamò a gran voce Pedro che stava nella stanza affianco: "Presto chiama Pablo, digli di venire con la macchina, dobbiamo andare in ospedale." Dopo pochi minuti l'auto correva veloce, Pablo, il figlio della sua vicina di casa, si era offerto da tempo di aiutarla se ne avesse avuto bisogno, e più volte le aveva fatto capire che ci sarebbe stato per qualsiasi cosa...ma la mente di Luna era troppo occupata a pensare ai

25

problemi che doveva affrontare ogni giorno, per poter lasciare spazio ad altri pensieri. Ma con lui si sentiva tranquilla, era l'unica persona che negli ultimi tempi riusciva a darle un po' di quella sicurezza di cui aveva disperatamente bisogno. Il parto fu rapido, Luna era giovane e fortunatamente in buona salute, e diede alla luce uno dei bambini più belli che le ostetriche ricordassero mai di aver visto. Lo strinse a sé, e in quel momento, per la prima volta dopo tanto tempo, si sentì improvvisamente felice. Pedro guardava entrambi, e le chiese se lei gli volesse bene, "Mai quanto ne voglio a te, mio piccolo angelo, sei tu che mi hai aiutata in tutto questo tempo, e vedrai che anche Ramon ti vorrà un mondo di bene." Quelle parole lo resero orgoglioso di sé, e si sentì improvvisamente "grande", era lui "l'uomo di casa", e soprattutto, la sua mamma continuava a volergli bene!

E così tornarono a casa, continuando la loro vita di sempre, e guardando ogni giorno quel piccolo batuffolo che cresceva insieme a loro, e che riuscì a dare un po' di tranquillità all'animo tormentato della sua mamma. Qualcuno dice che le ferite dopo un po' si rimarginano, e che il dolore comincia a sbiadire, ma quando hai a che fare con le difficoltà di ogni giorno, quel dolore si nutre e riaffiora proprio quando meno te lo aspetti, lasciandoti di nuovo con l'amaro in bocca. E non puoi fare a meno di chiederti perché la tua vita sia così, e cerchi di darti delle risposte che non riesci a trovare, proprio quando ne avresti più bisogno. Ma non importa, la vita che stringi tra le braccia, è più forte di qualsiasi paura, e impari ad andare avanti, e la forza che pensavi fosse finita, ti accompagna ancora, nutrendosi del sorriso dei tuoi figli, che ti accompagna ogni giorno, e che custodisci nel tuo cuore.

"Scusami, non volevo turbarti." Le parole di Luca la fecero ritornare improvvisamente alla realtà. "Credo di averti detto qualcosa che non dovevo". Era vero, non si era resa conto di essersi persa completamente nei suoi pensieri.

All'improvviso si era sentita catapultata anni addietro, rivedendo come in un film il suo passato. Per troppo tempo aveva evitato di pensarci, perché quella ferita era troppo profonda per poterla toccare. E ora all'improvviso quell'uomo la poneva davanti alla sua vita, a quello che in tutti quei lunghi mesi aveva riposto in un angolo nascosto della sua anima, per paura di vederlo affiorare alla luce. Faceva male, è vero, ma riusciva in qualche modo a non rimanerne atterrita. Le sue forze non l'avevano abbandonata, l'avevano sostenuta e l'avevano messa in grado di riuscire a provvedere ai suoi figli, e il loro amore aveva fatto il resto. Quell'uomo aveva una sensibilità che non aveva mai riscontrato tra quelli che finora aveva conosciuto. Aveva la capacità di andare "oltre". Oltre le immagini, oltre i colori, oltre la tela, oltre lo stesso dipinto. E ne penetrava l'anima, con una finezza d'intuito difficile da possedere, nessuno si era mai soffermato sull'espressione della donna. Ogni visitatore ammirava la bellezza del paesaggio, il mare, il cielo e la snella figura che predominava su di esso. Ma nessuno aveva colto il messaggio di cui era portatrice, fino a quel momento. "Non si preoccupi", fu la veloce risposta "Pensavo a qualcosa che mi è successo un po' di tempo fa, niente di importante". Luca sorrise, l'ingenuità di quella donna era disarmante, ma non voleva essere invadente, anche se sentiva di essere molto curioso, avrebbe voluto saperne qualcosa di più. Ma l'esperienza gli suggerì di non fare troppe domande, del resto lui era solo uno sconosciuto. Così si informò dei vari prezzi delle tele, e ne acquistò una che gli piaceva in particolar modo, raffigurava un dominicano che apriva una noce di cocco sulla spiaggia, e ne offriva il latte ad un viandante; il bianco accecante del sole che si rifletteva sulla sabbia rendeva il dipinto di una luminosità e profondità davvero particolari. Pagò e promise che sarebbe tornato lì al più presto con molto piacere. Pedro era felice, era riuscito a fare qualcosa di buono, quando aveva visto quel forestiero aveva capito che poteva portarlo dalla sua mamma. E poi gli piaceva, aveva un viso simpatico e sveglio, lo avrebbe volentieri riaccompagnato in

27

centro. "Segnor, la accompagno per un po', qui rischia di perdersi". "Okay, grazie, forse hai ragione, abbiamo fatto un bel po' di strada insieme, e ora non sono tanto sicuro di saper tornare". Quel ragazzo chiacchierò per tutto il tempo, facendogli vedere gli angoli caratteristici di quelle strade, i negozietti, le botteghe degli artigiani, e Luca lo ascoltava volentieri, ma la sua mente era altrove. Vagava tra l'immagine del viso di Luna, il suo sguardo, la sua espressione, le sue mani sottili e lunghe che gli mostravano i suoi quadri, e la sua vita di sempre, la casa d'aste, Milano, Brera, gli amici e Giulia. Erano pochi giorni che aveva lasciato tutto questo, ma gli sembrava un'eternità, come se i suoi ricordi appartenessero ad un'altra vita. Che scherzi che a volte fa la propria immaginazione! Non poteva distrarsi, non era lì per questo, anche se si sentiva leggero come un turista qualsiasi che comincia le sue sospirate vacanze.

Decise che non era il caso di ritornare a Punta Cana quella sera stessa, avrebbe mangiato qualcosa in uno di quei locali caratteristici lungo la costa, e avrebbe cercato alloggio in uno dei tanti alberghi che si trovavano in città. C'era solo l'imbarazzo della scelta. Era maggio, quasi a cavallo con la stagione delle piogge e ai Caraibi in quel periodo non c'era il pienone come nelle altre stagioni.

Parcheggiò l'auto sul lungomare, e si avviò in un piccolo ristorante che aveva i tavoli praticamente sulla sabbia. "La costa del sol", era un piccolo locale che aveva non più di dieci tavoli, con allegre tovaglie azzurre decorate di conchiglie. Alle pareti della cucina facevano bella mostra di sé stelle marine, che lo stesso proprietario vantava di aver pescato nel corso degli anni. Una grande rete da pesca, creava una sorta di divisione tra la cucina che si intravedeva, e la sala da pranzo che era per metà coperta e per l'altra metà su tavole di legno bianco poggiate sulla sabbia, dove gli avventori potevano godere in pieno del profumo del mare e del cielo stellato che nelle notti terse illuminavano la sabbia candida. Non ebbe dubbi e prese posto lì, proprio difronte alla riva, e nella semioscurità poteva sentire distintamente il leggero rumore dell'acqua. Forse non era il paradiso, ma di sicuro gli somigliava molto. Non aveva fretta, e aspettò con pazienza che qualcuno si facesse vivo, quel luogo meritava di essere assaporato con tutta la calma possibile. Mangiò con gusto la zuppa di crostacei, il piatto forte che gli era stato consigliato, e poi assaggiò il dolce della casa, una torta di farina di cocco, ricoperta di frutta, e poi decise di finire la cena con un goccio di rhum. Rimase lì, a contemplare l'orizzonte con in bocca un sigaro, e nel silenzio e nell'oscurità, pensò ai suoi affari, a quello che aveva lasciato in città, e decise di chiamare Valter, il suo attuale socio, gli sarebbe servito per ritornare alla realtà, quell'atmosfera lo stava troppo distraendo, e la cosa non gli piaceva. A quell'ora doveva essere mattina. "Ehi come va? Ti ho chiamato per sapere se te la stai cavando bene da solo". "Perché avevi qualche dubbio? Non è la prima volta che parti, ti piace andartene in giro per il mondo, ma devo renderti atto che in genere torni sempre con qualcosa di buono, e stavolta penso proprio che il gioco vale la candela. In ogni caso stai tranquillo, la sessione di fine mese ormai è stata curata nei minimi dettagli, le sale sono completamente allestite, e ci sono già parecchi clienti che sono particolarmente interessati, penso che tutto procede come avevamo previsto. Chiedono di te, ma riesco a soddisfarli, ho cercato di studiarmi bene ogni singolo lotto, e quindi riesco a compensare abbastanza bene la tua mancanza. Ci sono già sette persone che hanno fatto un'offerta e parteciperanno da remoto. E ho segnato un bel po' di palette che interverranno in presenza. Puoi stare tranquillo. Fammi avere tue notizie ogni tanto, Mister Colemann, ha creato un bel po' di caos nelle nostre vite!" Valter era l'unico a conoscere il vero motivo per cui Luca era partito, e del resto glielo doveva. Erano soci in affari, e avevano col tempo imparato che condividendo ogni mossa nel loro campo, sarebbero stati abbastanza tranquilli. Quello che sfuggiva ad uno, poteva saltare agli occhi dell'altro, e insieme cercavano di risolvere i problemi che si presentavano. Mister Colemann...era lui che lo aveva condotto lì, si conoscevano bene, avevano in comune la grande passione dell'arte, e soprattutto non si fermavano. Un traguardo raggiunto, diventava abbastanza presto un punto di partenza per cominciare una nuova avventura, per cercare l'oggetto dei desideri, quello che potesse soddisfare il proprio ego sempre a caccia di novità. Quel desiderio di esplorare campi nuovi, di trovare il pezzo mancante alla propria collezione, e poi, perché no, ricominciare d'accapo. Colemann era un grosso uomo d'affari, i suoi interessi erano legati alla catena di alberghi che possedeva negli Stati Uniti, ed era sempre in giro per controllare da vicino che tutto andasse per il meglio, anche se i suoi affari si svolgevano perlopiù a Manhattan, dove aveva i suoi uffici all'angolo tra la quinta strada e la trentottesima. Ricordava bene il giorno in cui gli era arrivata la sua telefonata. Era inverno, e a Milano era caduta la neve per il freddo intenso. Brera era affollata da passanti e turisti arrivati lì per ammirare le vetrine di Natale, le strade dello shopping, tra via Montenapoleone e via Spiga, e le griffe più esclusive. Gli piaceva quell'atmosfera, amava quel brulichio di persone, quei sorrisi, quella voglia di vivere intensamente, quella città che era sempre in movimento. E anche lui lo era, soprattutto in quei giorni in cui bisognava preparare l'asta che precedeva il Natale. Era quella in genere la più affollata, c'era sempre qualcuno che aveva necessità di fare un regalo importante, e quale oggetto sarebbe stato più gradito di un quadro, o una preziosa porcellana? In quel momento gli squillò il cellulare, al telefono si presentò un uomo con uno spiccato accento americano, "Salve, lei non mi conosce, ho avuto il suo numero da un caro amico che abbiamo in comune. Ho dato un'occhiata al suo catalogo, e ho visto che ha in asta un Rubens Santoro, una veduta di Venezia, mi piacerebbe fare un'offerta, mi può aiutare? In questo

30

momento sono a New York e mi riuscirebbe difficile venire lì, quando ho visto quella tela mi sono innamorato, sono stato molte volte a Venezia, e parto da lì sempre controvoglia, amo quell'atmosfera tranquilla, mi rilassa dalla mia vita frenetica, e sarei estremamente felice di comprare quel quadro." Era cominciata così la loro amicizia. Luca un po' alla volta aveva imparato a conoscerlo, a capire i suoi gusti, e a proporgli le cose che pensava gli potessero piacere. Quanto tempo era passato da allora? Sentì il sapore del sigaro in bocca, e pensò che non era mai stato tanto tempo ad oziare così, godendo ogni attimo di quelle giornate. Fissò lo sguardo su al cielo stellato, e cominciò a tracciare linee immaginarie, e continuò cosi per un bel po', respirando quel profumo di mare, e immaginando di perdersi in quell'oscurità profonda. Si sentiva stordito, come se si trovasse su una linea, in bilico tra una vita piena, ricca di conoscenze, affari, lavoro, interessi, soldi. E dall'altro lato, appariva in maniera confusa, qualcosa che non era abituato a vedere: un mondo nuovo, selvaggio, semplice, naturale, pieno di colori, sapori, e povertà mista a ricchezza. Contraddizioni profonde, che fino a quel momento, non gli era mai capitato di toccare con mano così da vicino. Non sapeva quanto tempo era rimasto ad inseguire quei ragionamenti, quella calma serata lo aveva indotto a rilassarsi, e a non inseguire come faceva sempre lo scorrere del tempo. Poi si scosse, la sua indole pragmatica lo fece alzare. Era tardi, e doveva andare a cercarsi un albergo per quella notte. Pagò il conto, si diresse verso la macchina, e mise in moto, per dirigersi lungo il corso centrale, avrebbe chiesto una camera al primo albergo che avrebbe incontrato lungo la strada.

Capitolo 5

Il "Colonial", una bella costruzione moderna, gli comparve davanti. Parcheggiò l'auto, e si diresse a piedi nella hall. Prese una stanza per quella notte, si spogliò, fece una doccia, e all'improvviso cominciò a sentire tutta la stanchezza di quella giornata così intensa. Aprì le imposte che davano sul terrazzino, si stese sul letto, e chiuse gli occhi, ripercorrendo con la mente tutto quello che gli era successo. Il viso di Luna gli apparve in tutta la sua naturale bellezza, quell'aria severa e dolce allo stesso tempo, che ha chi ha sofferto nella vita, ma è disposto ancora a credere in essa, perché si rispecchia in quella dei suoi figli, e il loro amore la ripaga di tutte le angosce vissute. La sua semplicità, quasi ingenuità, nell'accogliere lo straniero, perché la necessità glielo imponeva, e dall'altro lato, il suo rigore, nel mantenere una giusta distanza, per non lasciar spazio ad altri pensieri. In fondo aveva verso di lei una certa ammirazione, per la sua capacità di essere riuscita a cavarsela, pur essendo sola e senza mezzi.

Come contrastava tutto questo con il mondo al quale era abituato. Fatto di certezze, studio, conoscenze, contrattazioni. Dove l'imprevisto era visto come qualcosa che bisognava fare del tutto per evitare. Ma non si era mai trovato in una situazione come quella, alla ricerca di qualcosa che non sapeva esattamente dove si trovasse, e allo stesso tempo con la certezza che quel qualcosa esisteva e doveva fare del tutto per trovarlo. Ma c'erano troppe cose che lo distraevano dal suo obbiettivo, non pensava che quel viaggio lo avrebbe coinvolto più di tanto, ma ora non ne era più tanto sicuro. Pensò a Giulia, e si promise che il giorno dopo l'avrebbe chiamata, e lo avrebbe fatto ogni giorno, per non perdere il contatto con la sua vita di sempre, per continuare a sentirsi legato alle sue certezze, e per l'affetto che lo univa a lei da quasi un anno ormai. Chiuse gli occhi e il sonno lo prese all'improvviso, e si addormentò profondamente, pensando a quello che avrebbe dovuto fare il giorno dopo. La luce lo colpì sul viso, e si scosse velocemente, guardò l'orologio e si accorse con stupore che erano le nove passate. A Milano a quell'ora già sarebbe stato in piena attività. Si vestì e scese giù nella sala, fece una veloce colazione e uscì.

Doveva cercare la bottega di un uomo che si chiamava Manuel Gonzalo, era un venditore di collane e sciarpe che gli era stato segnalato da mister Colemann, era lui che doveva condurlo sulle tracce del pescatore che era in possesso di ciò che tanto bramava di poter vedere e toccare da vicino. Ma non era un'impresa facile. Il suo amico americano era stato molti anni addietro a Santo Domingo, i suoi ricordi erano sbiaditi, e chissà se erano corretti data la sua età. Ma di questo si sentiva abbastanza sicuro.

Quello che gli dava insicurezza, era la difficoltà di rintracciare questo Manuel in una città così grande. Ma pensarci su non serviva a nulla, tanto valeva muoversi, e cominciare quella ricerca, anche se l'impresa gli sembrava di non facile soluzione. Pensò di addentrarsi lungo le strade dello shopping, avrebbe cominciato a chiedere in giro così, un po' a casaccio. Giusto per vedere cosa succedeva. Entrò in un bel negozio di abiti, e una donna sorridente lo accolse e gli chiese cosa gli serviva. Lui le disse che era in cerca di un uomo, e la giovane gli fece notare che quel nome lì era molto comune, e che non sarebbe stato molto facile rintracciarlo, ma gli indicò un suo vecchio amico che viveva lì da sempre, e magari poteva essergli di aiuto. Luca la ascoltò, e andò da lui. Si meravigliò della disponibilità delle persone, forse in un altro posto lo avrebbero preso per pazzo. Ma fu un buco nell'acqua, non era riuscito a venirne a capo, e cominciò a pensare che forse quell'impresa era impossibile, e che probabilmente era solo il suo accanimento che lo aveva condotto lì. Pensò che avrebbe impiegato la giornata per visitare la città, e contemporaneamente avrebbe continuato a chiedere in giro, con la speranza di trovare qualche indizio

che gli potesse servire. Quella città lo incuriosiva e lo affascinava allo stesso tempo, era abbastanza grande da rischiare di perdersi, ma allo stesso tempo ospitale da farti venire la voglia di mescolarti alla gente senza avere una meta fissa. A quel punto pensò di dirigersi verso la Cattedrale, perché come al solito il suo desiderio di ammirare l'antichità si faceva sentire. Nostra Signora dell'Incarnazione, dominava la plaza de Colon, e gli apparve in tutta la sua bellezza. La prima Cattedrale costruita nel continente americano aveva uno stile rinascimentale all'esterno, con la facciata in pietra corallina e il suo monumentale portone. Ma era curioso di visitare il suo interno, perché ne aveva letto un po' la sua storia, risalente al 1500. Dai documenti, aveva appreso che era stata fondata da Bartolomeo Colombo, il fratello di Cristoforo, proprio per rendergli omaggio. Tutto in quella città rimandava al passato, alla sua storia, alla colonizzazione. Non a caso era la prima capitale del Nuovo Mondo. Con una certa curiosità, varcò l'ingresso, e si trovò all'improvviso proiettato indietro nei secoli. Le alte volte gotiche, contribuivano a dare un'atmosfera solenne a tutto l'insieme, e a creare un bellissimo gioco di archi a volta, che ospitavano le cappelle laterali. Una luce chiara, era riflessa dal pavimento di marmo, ma ciò che attrasse la sua attenzione, fu l'altare interamente costruito in argento.
"Accidenti", pensò, "opere di valore si trovano ovunque nel mondo!" e cominciò ad osservare tutto con attenzione, i dipinti, i quadri, finché in una delle cappelle laterali, vide il mausoleo nel quale erano ospitate le spoglie di Cristoforo Colombo. C'era una leggenda attorno a quella costruzione, si diceva che erano state trasportate a Siviglia nel settecento, ma i dominicani sostenevano che fossero ancora lì. Da lì nacque la contesa che è ancora in atto tra le due città. Il ricordo di Colombo era presente un po' ovunque, e dappertutto si respirava l'atmosfera di epoca coloniale.
"Quanti secoli sono passati, eppure ti ritrovi in luoghi dove ti sembra di respirare ancora quel periodo, come qui...chissà

34

cosa pensarono gli indigeni quando videro arrivare le caravelle e tutti quei soldati, e come si capirono?". Quanti interrogativi si affacciavano all'improvviso nella sua mente, affascinata da quei luoghi, e con la consapevolezza che dopo tanto tempo, era rimasto ben poco di quel passato, se non negli edifici ad esso dedicati. Voleva andare all'Alcazar, l'edificio fatto costruire da Diego, il figlio di Colombo e destinato ad ospitare la corte. Ma pensò che si sarebbe recato lì un'altra volta, perché aveva voglia di andare un po' a zonzo, e magari di visitare uno di quei parchi di cui aveva tanto sentito parlare. Non aveva dubbi, si sarebbe diretto al Columbus Park. La bella piazza era proprio lì, vicina alla Cattedrale, i folti alberi creavano piacevoli zone d'ombra, e le panchine accoglievano i turisti e le persone del luogo. I bambini si rincorrevano ridendo, e coppiette di innamorati passeggiavano tenendosi per mano. Quel luogo era perfetto per rilassarsi e perdersi nei propri pensieri. "Perdersi? Questo verbo lo sto usando un po' troppo spesso. A Milano non è mai stato preso in considerazione nella mia giornata. Tutto è costruito con una scaletta ben precisa, messa a punto il giorno prima, e monitorata momento per momento. Il lavoro, priorità assoluta, ha obblighi e scadenze ben precise, che non ammettono nessun tipo di proroghe. Si parte sempre allo stesso orario di buon mattino, e non si sa di quante ore sarà la giornata lavorativa. Gli appuntamenti vengono fissati con una sequenza giornaliera che viene programmata con mesi di anticipo, per far sì che non ci siano sorprese all'ultimo momento, e che le persone si organizzino a loro volta. Anche i viaggi devono essere stabiliti con un certo anticipo, per evitare di venire a mancare quando sia indispensabile la propria presenza. Tutto è organizzato con l'aiuto di due segretarie, e non potrebbe essere altrimenti, le telefonate ed i messaggi sono troppi per poterli sbrigare da soli. Ma questo viaggio? Non era contemplato, né organizzato con mesi di anticipo, e la mia presenza, ora che c'è l'asta, viene a mancare...è la prima volta. Cosa mi è successo?" La panchina

35

in fondo al viale era vuota, e da lì si poteva intravedere Calle el Conde, la bella strada piena di negozi che strizzavano l'occhio ai turisti. Si sedette lì, contemplando i passanti e continuando a rimanere immerso nei suoi pensieri. "Cosa gli era successo veramente? Perché era andato via, seguendo la vaga indicazione di un uomo che lo aveva involontariamente spedito dall'altra parte del mondo? E perché aveva seguito quella strada?" Non aveva una risposta precisa, si chiedeva solo se era stato il suo istinto da segugio, che lo portava ad inseguire una pista, o c'era dell'altro, una insofferenza, quell'inquietudine che lo aveva condotto a muoversi, ad allontanarsi dal suo quieto vivere fatto di stabilità, amici, lavoro, affetti. Giulia! Il suo nome lo colse alla sprovvista, come quando incontri qualcuno che non ti saresti mai aspettato di vedere. Eppure era lì, a Milano, non lo chiamava perché le aveva detto che ci avrebbe pensato lui ogni volta che gli fosse stato possibile. E ora? Cosa lo tratteneva? Quante domande genera il pensiero quando viene lasciato libero di spaziare senza inibizioni. Forse per questo erano rare le volte in cui lui glielo consentiva. Per il timore di suscitare risposte che non gli piacevano. Per fare in modo che quell'inquietudine rimanesse lì, sepolta fra le pieghe della sua mente. Eppure tutti lo guardavano da sempre con ammirazione. Ragazzo modello come pochi, ottimi risultati agli studi, una laurea presa in pochissimo tempo, una carriera veloce, e le giuste intuizioni che gli avevano aperto tante strade. E quella? Perché si trovava lì? In altri tempi non si sarebbe azzardato ad allontanarsi dalla sua città, quando fosse stato vicino all'inaugurazione della galleria. Ma ormai la frittata era fatta, non gli rimaneva altro che provare a chiamare la sua Giulia, forse la sua voce avrebbe scacciato via tutti quegli strani pensieri. "Ciao tesoro, come stai? Scusami se è passato un po' di tempo dall'ultima volta che ci siamo sentiti." "Ciao... me ne sono accorta. Stavo per farlo io ma, non so perché, c'era qualcosa che mi tratteneva, dicono che le donne hanno un sesto senso che le mette in condizione di leggere nel pensiero di chi occupa un posto nel loro cuore. Tu ce l'hai quel posto, ma non so se faccio bene a continuare a custodirlo. Ma non sarò mai io a prendere un'iniziativa nei tuoi confronti, non ci potrei mai riuscire, purtroppo." Quelle parole lo fecero catapultare anni addietro, quando il suo amico Stefano gli disse che se ne stava andando, e lui si sentì impotente, spiazzato dalla sua decisione, quando doveva essere lui a scegliere. Ma ora no, non voleva lasciarla andare, non in questo modo, non senza una ragione precisa, senza un perché. Non aveva mai incontrato prima di lei una persona che gli avesse dedicato tanto affetto, e tante attenzioni, non se lo sarebbe mai perdonato! La sua morale stava prendendo il sopravvento sopra il suo istinto, ma non se ne accorgeva, era naturale per lui agire nel modo giusto, abituato a non ferire chi gli stava vicino, anche a costo di soffrirne poi lui. I sensi di colpa erano qualcosa che non ce la faceva a reggere. Le regole lo accompagnavano da sempre. "No tesoro, ma che dici...non è così, e solo che qui è tutto nuovo, e ci sono mille cose che mi prendono, e che mi fanno dimenticare di quelle che invece sono le più importanti. Quella sei tu, non devi mai dubitare di questo." "Vorrei crederti, ci provo, forse mi farò del male, ma non importa, mi ha fatto piacere sentirti, sono ritornata di colpo a noi, a quello che abbiamo vissuto insieme, e magari potremo continuare a farlo, chissà...a volte non riesci a capire se è la vita che ti cambia, o se siamo noi stessi che non ci accorgiamo di essere diversi da come pensiamo. Basta, in questi ultimi tempi faccio troppi ragionamenti, è meglio che la smetta. Ti auguro buon lavoro! E ricordati di Giulia a Milano, non ti abbronzare troppo!" era ritornata quella di sempre, con la solarità, e la semplicità, che si muovevano con lei, con i suoi passi, con l'andatura svelta di chi è sempre indaffarato e curioso del mondo. Con l'affabilità e il fascino innato di chi ha tanto da dare agli altri, e chiede sempre poco per sé, con il coraggio di chi non teme il confronto, perché presta la massima attenzione in quello che fa. Una donna unica, sicuramente, come unici erano i suoi pensieri, dettati da una spiccata intelligenza, che lo aveva indotto ad affidarle buona parte della sua contabilità, dei suoi bilanci, dei suoi affari in definitiva. E non l'avrebbe mai fatto se non si fosse sentito particolarmente sicuro di lei. Era una in gamba come pochi. Ma perché da quando era lì, non sentiva l'esigenza di mettersi in contatto con lei? Come se quel mondo lo avesse quasi stregato. Ma ora basta, doveva muoversi da quella panchina e fare il turista, in fondo una volta che si era messo in viaggio, tanto valeva approfittarne, avrebbe dato volentieri un'occhiata a tutti quei negozietti che vedeva da lontano. Magari avrebbe trovato qualcosa di valore in mezzo a tutte quelle cianfrusaglie. E così si incamminò per la strada lastricata, piena di gente colorata, con al centro i caratteristici lampioni stile liberty, a tre luci, e una quantità incredibile di cianfrusaglie e paccottiglia che faceva bella mostra di sé, agli occhi dei visitatori. "Accidenti, penso che sia difficile trovare qualcosa di valore qua in mezzo, il livello è quello dei centri commerciali, magari posso solo vedere qualcosa di artigianato locale." Il sole era alto nel cielo, e il caldo cominciava a farsi sentire, a quell'ora la cosa migliore sarebbe stata andare in spiaggia, e rinfrescarsi con un bel tuffo nelle acque blu. Con la mente piena di pensieri continuò a camminare per un bel po', ad ogni angolo di strada la musica si faceva sentire allegra e spensierata, attrazione per i turisti in cerca di svago. Un carretto colorato che ricordava vagamente quelli siciliani attirava l'attenzione per i suoi colori sgargianti, e per un piccolo pappagallo appollaiato sopra allo schienale che faceva il verso ad ogni passante. I bar e i ristoranti cominciavano ad affollarsi di gente, era ormai ora di pranzo, e la fame iniziava a farsi sentire. Non era stato facile abituarsi alla differenza di fuso orario, ma adesso non ci faceva più caso. A dire il vero, da quando era lì, i suoi ritmi erano cambiati, e agli orari non prestava più attenzione. Come viene modificata la nostra percezione sensoriale dopo un po' che ci troviamo in un contesto diverso. Come se la nostra mente si adattasse rapidamente all'ambiente

38

circostante, ma forse ciò accade con più facilità quando ci troviamo in una situazione di benessere. I suoi occhi si posavano ora sulle mercanzie colorate delle piccole botteghe, ora sulle insegne luminose dei bar e sulle vetrine piene di manufatti artigianali. Il suo sguardo si posò su una piccola imbarcazione di legno, lunga e svettante come una canoa, e poggiata su di essa una pagaia colorata rossa e azzurra, la punta allungata e la forma affusolata le davano eleganza, poggiata sopra una piccola bambola sorridente con un vestito bianco e blu e dei grandi orecchini a cerchio guardava lontano con i suoi grandi occhi neri.

L'insieme era molto gradevole e sicuramente di fattura manuale. Forse non avrebbe poi saputo che farsene, ma quell'oggetto lo attraeva, e decise di entrare nel negozio e acquistarlo. Il proprietario era un anziano signore, con gli occhi buoni e i modi lenti. Probabilmente era lì da molti anni. "Buonasera, ho visto quella barca in vetrina, e vorrei vederla da vicino, mi piace molto." "Certamente segnor, ha un occhio buono, chi ha intagliato quel legno per fare quella barca è un vero artista, non è opera di un dilettante." "Si è vero, quello che mi ha colpito di più, è proprio la precisione, e la meticolosità con cui sono state intrecciate tutte le fascette di legno, per tenerle ben strette e unite, e darle la forma della barca." L'uomo lo guardò con un misto di curiosità e ammirazione. "Deve sapere, caro segnor, che quella è una tecnica antica. Io ho parecchi anni, più di quanti ne dimostro, ma mio nonno, è stato uno degli ultimi ad avere la capacità di costruire una barca del genere, e fare in modo che fosse ben salda e fosse in grado di navigare a lungo. Non è un'impresa facile. Bisogna prima trovare il legno buono e farlo stagionare al sole, poi lisciare e levigare per fare in modo che non faccia attrito con l'acqua, e infine dargli la forma di strisce tutte uguali. Una volta assemblate, si foderano con pezzi di legno più pesanti che diano robustezza all'imbarcazione, e prima di completare l'opera, si adagia nell'acqua per provarla. Tutto questo richiede mesi e mesi di tempo, e i giovani di adesso non hanno più tanta voglia di dedicarsi a questi lavori. Quando ero giovane non abitavo qui, ma dall'altra parte dell'isola, lungo la costa, e mio padre era uno dei migliori pescatori di aragoste che ci fossero su queste terre. Non era facile trovare i loro nascondigli, ma lui usciva di notte, e alle prime luci dell'alba, e con il silenzio assoluto, le vedeva uscire dagli scogli semisommersi, e con l'abilità e la destrezza che aveva accumulato con gli anni, le prendeva nella sua rete da pesca. Questa veniva posizionata nell'acqua, con una parte aperta, e all'interno bisognava mettere un pezzetto di carne o di granchio per attirarla. Una volta dentro si stringeva la rete, e si chiudeva dentro. L'impresa richiedeva tempo e pazienza, ma ne valeva la pena. Si vendeva direttamente ai ristoranti sulla spiaggia, che non aspettavano altro. La zuppa di aragosta è il piatto forte qui segnor!"

Luca sorrise e convenne che aveva perfettamente ragione, aveva già avuto modo di gustarla, ma quello che lo affascinava di più era la semplicità con cui lì si faceva presto amicizia con le persone, non era molto abituato a tutto questo nella sua Milano, anche se prima non ci aveva mai fatto molto caso.

Decise di procedere all'acquisto, e mentre stava per prendere i soldi, gli balenò in mente di fargli una domanda: "Volevo chiederle... visto che conoscerà tanta gente, per caso ha mai sentito parlare di un certo Manuel Gonzalo? Che io sappia vendeva gioielli fatti da lui, diversi anni fa." L'uomo aggrottò la fronte come per ricordare, mentre lo guardava fisso, "Questo nome non mi è nuovo, ma non ricordo bene, quello che le posso dire, che non qui, ma dall'altra parte dell'isola dove abitavo io, in un villaggio nella zona di Puerto Plata, c'era questo giovane Manuel, che era molto abile nel creare collane, e le vendeva alle signore lungo la spiaggia di Cabarete. Se non ha visitato ancora quella zona, gliela consiglio, è un po' più fredda, ma è piena di fascino, e ci sono moltissime cose da vedere. In ogni caso le auguro di fare un buon soggiorno qui, noi siamo molto ospitali con gli stranieri, sono sempre i benvenuti."

Luca lo ringraziò, lo salutò, e si avviò fuori, con il suo grosso pacco, e la testa che gli ronzava per quella notizia che aveva appena avuto. "Puerto Plata...certo qui l'isola è grande, e se questa fosse la pista giusta sarei davvero fortunato! Non mi resta altro che trattenermi qui fino a domani, e poi mettermi in viaggio per arrivare a nord, anche se non era nelle mie previsioni."

Capitolo 6

Si incamminò a passo spedito, con mille pensieri e mille emozioni nuove. Forse si stava avvicinando alla sua destinazione, forse aveva avuto un colpo di fortuna. Il sole era improvvisamente sparito, e aveva lasciato posto a grossi nuvoloni grigi che erano comparsi all'improvviso, era un brutto segno. La macchina era lontana, l'aveva lasciata dall'altra parte della strada e aveva fatto un lungo tratto a piedi. Non gli restava altro che avanzare il passo e sperare che non cominciasse a piovere tanto presto. La gente continuava a camminare tranquilla, qui erano abituati a questi acquazzoni improvvisi, e se si bagnavano, si sarebbero poi asciugati con calma, o cambiati una volta tornati a casa. Capitava spesso di questi tempi, e del resto duravano molto poco. Il pavimento lastricato che brillava al sole, aveva lasciato posto al grigio che man mano diventava sempre più cupo. E le foglie degli alberi laggiù, cominciavano ad essere scosse da un forte vento, le sciarpe ed i parei che facevano capolino dai negozi, erano ritirati in fretta dai commercianti, per paura che potessero volare via. Tutto lasciava presagire che stesse per arrivare una bufera improvvisa. "Male che va, mi rifugerò in un bar, e prenderò qualcosa da bere." L'insegna della locanda che si trovava proprio difronte a lui, fu scossa violentemente, subito prima che un forte scroscio di pioggia si rovesciasse all'improvviso sulla strada, bagnando tutte le mercanzie esposte, e inzuppando tutti quelli che si trovavano per strada. "Accidenti, sono fradicio, devo andare in un posto coperto, e aspettare che finisca questa tempesta." Si girò intorno con lo sguardo, in cerca di rifugio, e all'improvviso vide qualcosa all'angolo della strada che attirò la sua attenzione: un ragazzino era piegato su sè stesso, seduto sul marciapiede, incurante della pioggia che lo inondava, con le mani incrociate sopra la testa, sembrava non accorgersi di nulla, o forse non voleva vedere nulla. Quella scena lo turbava, forse non stava bene, o magari aveva bisogno di aiuto. "Ehi tu! Cosa hai non stai bene forse?" "Segnor...sei qui?" Pedro alzò lo sguardo verso di lui, i suoi occhi erano inondati di lagrime, e la pioggia gli scorreva sul viso insieme ad esse, il petto era scosso da singhiozzi violenti, e i grandi occhi neri avevano una tristezza infinita. "Ma cosa ti è successo? Perché sei qui, e perché piangi?" il ragazzino abbassò lo sguardo e non rispose, sapeva che molte cose non bisognava dirle, o perlomeno la sua mamma gli aveva insegnato a sapersela cavare da solo, e a non chiedere aiuto a chiunque, anche lei faceva così. Ma la ferita era troppo grossa, il dispiacere che provava era troppo grande per riuscire a tenerselo dentro. "Vieni con me, andiamo in quel bar, ci asciughiamo un po' e ci beviamo qualcosa." Pedro si alzò e gli diede la mano, aveva tanto bisogno di qualcuno che lo confortasse. "Accidenti siete inzuppati, vi do un paio di magliette e nel frattempo mettiamo le vostre ad asciugare, trattenetevi qui, finchè la pioggia non la smette, questo pomeriggio è particolarmente cattiva!" Luca si sedette al tavolino difronte a Pedro e ordinò due coca, i due si guardarono a lungo, ma nessuno voleva cominciare, forse per il timore di essere inopportuni. Ma alla fine la voglia di aiutare quel piccolo ometto prevalse: "Allora, mi è dispiaciuto vederti così, non ti fa piacere di parlarmene? Se vuoi, ti posso aiutare." La pioggia fuori cominciava ad essere più leggera, e un diffuso chiarore inondò la stanza, un timido raggio di sole si andò a posare sul viso di Pedro, e illuminò i suoi grandi occhi. Una luce di speranza comparve sulla sua fronte aggrottata, e rischiarò i suoi lineamenti contratti. Era vero, aveva un disperato bisogno di aiuto, ma non osava chiederlo, non sapeva cosa fare, e nemmeno cosa dire, e forse la sua mamma a quell'ora era in pensiero per lui, l'aveva lasciata ed era scappato via, troppo turbato da quello che era successo, e troppo spaventato per avere la capacità di reagire, e ora avrebbe voluto essere con lei, abbracciarla, come già aveva fatto mille volte, ma allo stesso tempo era contento di aver incontrato quell'uomo, anche con lui si sentiva sicuro. Luca continuava a guardarlo, con la speranza di sapere qualcosa, o perlomeno di capire cosa poteva essere successo, e in che modo avrebbe potuto aiutare il ragazzo. Ma allo stesso tempo si rendeva conto che era troppo spaventato per riuscire a buttare fuori tutto quello che aveva dentro. Conosceva quella sensazione, quando una ferita è troppo fresca, e non hai nemmeno il coraggio di guardarla, toccarla, di realizzare cosa veramente c'è dentro di te. E allo stesso tempo hai un disperato bisogno di aiuto, mentre il mondo intero non si accorge nemmeno che esisti. Vorresti gridare, ma la voce non ti esce, vorresti che qualcuno parlasse al posto tuo, lasciando a te solo il compito di annuire, per dare voce all'inferno che c'è dentro di te. All'improvviso si spaventò di questi pensieri, non li aveva mai avuti prima d'ora, o forse erano talmente nascosti, che nemmeno lui sapeva di averli. Guardò Pedro, e improvvisamente si rese conto che vedendolo così, come un piccolo uomo a cui era stato affidato un compito così importante, a cui nessuno aveva mai chiesto cosa avrebbe voluto fare, si rese conto che sentiva un tale trasporto verso di lui, semplicemente perché lui stesso aveva provato da piccolo cosa significa sentire il peso di responsabilità troppo grandi. Aveva sempre sentito gli occhi puntati su di lui, fin da quando era a scuola, figlio unico di genitori della buona società che si aspettavano grandi cose da lui, e soprattutto di un padre medico conosciuto da tutti. Ricordava perfettamente quel giorno: "Papà, devo dirti una cosa importante, ci ho pensato bene, io non farò mai medicina, non posso, non è nelle mie corde, non potrei mai essere un bravo dottore." Lo sguardo di suo padre si fece freddo come il marmo del pavimento del salone, quella scacchiera grigia e nera creata apposta dal loro architetto preferito, che rifletteva il lungo mobile grigio metallizzato ordinato su misura e fatto venire dalla Toscana. Non c'era calore in quella casa, anche i sorrisi erano freddi, e nascondevano una mal celata disapprovazione. Chissà, forse la sua passione per l'antiquariato era nata proprio da lì, dal

44

calore e dalla storia che ogni oggetto antico porta con sé, da quello che ha vissuto, che ha visto, da tutte le case in cui ha alloggiato, e dalle mani che lo hanno toccato. Aveva sempre avuto fame di abbracci, comprensione, affetto, ma chiedeva troppo, e così imparò un po' alla volta a sorridere anche lui, quel sorriso forzato che ti fa stare in pace con gli altri, ma non con te stesso, e piano piano cominciò a convincersi che tutto andava alla perfezione, e che non aveva bisogno di nulla, e quella convinzione diventò l'unica realtà che conosceva, e che lo faceva sentire a posto con la sua coscienza, e che riusciva a zittire tutta quella malinconia   che spesso riaffiorava nei suoi occhi e su quello stesso sorriso. "Segnor, i tuoi occhi sono tristi come i miei, forse ti ho fatto dispiacere?" Accidenti quel ragazzo aveva un'intelligenza straordinaria, e gli piaceva proprio tanto. "No Pedro, ma che dici, io sono preoccupato per te, ti ho visto lì, seduto per terra, che piangevi, e non so perché, mi dispiace tanto, vorrei aiutarti, ma non so cosa fare, se vuoi dimmi cosa ti succede." "Segnor, io non so se posso dirlo, la mia mamma dice sempre che non bisogna dare fastidio agli sconosciuti, e che devo imparare a cavarmela da solo, ma quello che ho visto è troppo brutto." Le lagrime ripresero a scendere sulle guance del ragazzo, mentre la sua voce divenne un filo sottile, talmente   flebile che sembrava dovesse sparire da un momento all'altro. "E' tornato, è entrato dalla porta ridendo, e un odore di alcool ha invaso tutta la stanza, i suoi occhi erano sbarrati, e le sue mani grosse hanno cominciato a distruggere tutto quello che gli capitava di vedere. A un certo punto ha cominciato a urlare come un pazzo, e Ramon si è spaventato e piangeva forte, tutte le tazze che mamma aveva intagliato nel legno, e che erano allineate sulla tavola sono volate dappertutto, e le sedie sono rovesciate per terra. Tutto quello che gli capitava a portata di mano lo distruggeva senza pensarci un attimo, non ho mai visto tanta violenza. Ma il peggio doveva ancora venire, quando i suoi occhi hanno puntato mia madre. Ha cominciato a inveire contro di lei, dicendole che era ormai ricca abbastanza da poterlo mantenere, o perlomeno da condividere i suoi guadagni con lui, che non aveva niente. E per finire le ha dato un pugno sulla spalla, con tutta la violenza e la forza che aveva, e mamma è caduta a terra, sbattendo il braccio su una sedia. Ho visto il sangue che le usciva dalla ferita. Mi sono chinato subito su di lei, ma mi ha detto che non si era fatta niente, e mi ha implorato di andare via, e di tornare il più tardi possibile, avrebbe pensato lei a calmarlo. E così sono corso via, e ho camminato fin qui, con la speranza che non le facesse altro male, e con il rimorso di non averla potuta aiutare." Luca aveva gli occhi sbarrati, e il cuore in tumulto, doveva muoversi, andare lì, vedere come stava quella donna, se aveva bisogno di andare in un ospedale, cosa era successo. Luna era così bella, fiera e fragile allo stesso tempo, e quel ragazzo viveva per lei, forse in vita sua non aveva mai visto tanto amore. "Pedro stai tranquillo, andiamo, prendiamo la macchina e andiamo a casa tua, indicami la strada, l'altra volta siamo arrivati a piedi, e non sono così sicuro di ricordarmela, guidami tu. Vedrai andrà tutto bene, l'aiuteremo noi a tua mamma, non ti preoccupare, ora ci sono anche io che ti posso dare una mano, ne hai veramente bisogno." Era poco più di un bambino, ma aveva già vissuto tanto in quei pochi anni della sua vita, e quello sconosciuto finalmente lo aveva guardato dentro, aveva visto la sua paura, la sua preoccupazione, dietro il sorriso che era costretto a fare ogni volta che incontrava un turista, e dietro a tutte le moine che faceva per riuscire a vendere qualcosa. Ora per la prima volta non aveva bisogno di fingere, poteva lasciarsi andare, e come sentiva il bisogno di avere tutto questo! La pioggia ormai aveva cessato di scendere giù fitta, e la strada già cominciava ad asciugarsi per il clima caldo, il sole al tramonto faceva capolino dalle nuvole sparse, e una luce rossa come rame fuso, si poggiava sulle pareti delle case, e sulla strada lastricata, e colorava anche i visi abbronzati delle persone che si incrociavano lungo la strada. Un caldo tepore si poggiava leggero dappertutto, e asciugava i parei che si erano bagnati per la fitta pioggia. Un giovane dominicano era uscito dal negozio cantando e ballando al suono di un veloce merengue, e la strada aveva ripreso ad animarsi velocemente. Quell'allegria era contagiosa e riscaldò un po' anche i loro cuori, e la speranza che le cose si potessero finalmente aggiustare cominciò a far capolino nella testa di Pedro, come ne sarebbe stato felice! Guardò Luca e gli sorrise, non si era sbagliato, con lui si poteva sentire al sicuro. I due si incamminarono svelti, dovevano raggiungere velocemente la casa, e ormai i loro passi li avevano condotti sul lungomare, Luca prese le chiavi e aprì la macchina, fece salire Pedro e mise in moto, seguì le sue istruzioni e si ritrovò sulla strada che conduceva alla casa di Luna, fra poco avrebbe saputo cosa le era successo. Si diresse spedito sulla salita che portava a quelle case modeste, ben lontane dallo splendore dei resort che aveva visto appena arrivato a Punta Cana, e ancora più distanti dagli alloggi in cui era abituato ad abitare, ogni volta che aveva occasione di viaggiare. Forse non si era mai imbattuto in un'avventura del genere, troppo occupato a seguire i suoi affari, o troppo impegnato nella sua vita mondana, che gli serviva per agganciare le persone più facoltose. La sua vita fino a quel momento era stata una corsa ad ostacoli, dove appena ne aveva superato uno, ne individuava subito il seguente, in una escalation di successi, che avevano il sapore di conquiste godute a metà, per il desiderio di fare ed avere sempre di più. Era invidiato da tante persone, ma non riusciva ad essere soddisfatto di sé stesso, se lo era chiesto tante volte, eppure non era mai riuscito ad avere una risposta decente, che fosse in grado di togliergli ogni dubbio. Ora non era il momento di pensare a queste cose, c'era una urgenza che era prioritaria, la vita e l'incolumità di quella povera ragazza, che da sola tentava con tutte le forze di risalire la china, e dare un futuro degno a suo figlio.

Le prime ombre della sera rendevano un po' più cupi quei

fabbricati, e i colori sgargianti delle tendine e dei parei delle donne che incontravano per strada non riuscivano a togliere quella sensazione di malinconia che avevano nei cuori, oppressi da mille pensieri.

Luca non sapeva cosa fare in quel momento, si stava lasciando trascinare dal suo istinto, dimenticando di ragionare sulle cose come era stato abituato a fare da sempre. Non era lì per questo, erano altri i suoi obbiettivi, molto distanti da Luna, Pedro, e da tutto quello che li circondava. Era quasi una settimana che era partito da Milano, e gli sembrava di vivere un'altra vita, non sua, ma che sentiva di non poter abbandonare. Ormai erano quasi arrivati a destinazione, Pedro gli indicò la sua casa, e lui parcheggiò difronte. Guardò distrattamente la vecchia che gli tese la mano in cerca di qualche spicciolo, con il volto rigato da mille rughe, testimonianza di una vita sofferta, vissuta senza sconti, con un bagaglio di esperienze provate sulla sua pelle, che le avevano lasciato tracce profonde, che non si sarebbero mai più cancellate. Le diede un paio di monete, e chiuse a chiave la macchina, infilò le mani in tasca, in cerca di un po' di tranquillità, che in quel momento non riusciva ad avere. Pedro lo guardò, con quei grandi occhi neri, che avevano già visto le cose brutte della vita, ma che non avevano ancora perso la speranza di un futuro migliore. Gli diede la mano, in cerca di coraggio, e si diressero entrambi verso l'uscio della casa. Un chiarore diffuso era dato dalla luce fioca di una lampada posta sul tavolino all'ingresso, un silenzio profondo invadeva la stanza, e pesava sui loro animi, che continuavano ad interrogarsi su cosa potesse essere successo in tutto quel tempo che Luna era rimasta sola con il marito. Pedro guardava silenzioso la porta che conduceva nella camera da letto della mamma, senza avere il coraggio di muoversi, e non riuscendo a capire il perché di tutto quel silenzio.

Luca si rese conto che non poteva lasciarlo da solo, quel ragazzo non si sarebbe mai mosso, e senza il suo aiuto, non avrebbe avuto la forza di entrare. Così gli mise dolcemente una mano sulla spalla, per fargli capire che era lì, con lui, e non lo avrebbe lasciato da solo, e lo sospinse verso l'uscio della porta. Luna dormiva con il capo reclinato all'indietro, la bocca tesa in una smorfia di dolore, e il viso pallido nella penombra. Il braccio aveva una fasciatura stretta, appena sporca di sangue da un lembo che pendeva sulle lenzuola, e il suo respiro leggero si sentiva in quel silenzio profondo. Ramon dormiva nella culla un po' più distante, e aveva l'espressione beata che hanno i bambini quando sognano tutte le cose belle della vita. "Mamma..." le parole uscirono come un soffio dalla bocca di Pedro, che desiderava guardare sua madre negli occhi, per avere quel conforto di cui aveva tanto bisogno. Luna si girò di scatto, sbattendo le palpebre, e mantenendosi il braccio dolorante. "Pedro, segnor! Come mai lei è qui?" e rivolse a suo figlio uno sguardo interrogativo, non riuscendo però a rimproverarlo, per aver portato lì quell'uomo. Leggeva tutta la sua sofferenza nell'espressione triste che aveva, e non voleva aggiungere altro dolore. "Luna come si sente? Come va quel braccio?" "Non è niente, sono caduta e mi sono fatta male, negli ultimi tempi sono diventata piuttosto maldestra." "So tutto." Fu la risposta secca, che non lasciava spazio ad altre parole. La giovane donna abbassò gli occhi, e non riusciva a parlare, il ricordo di quello che era successo le bruciava troppo, e aveva un gran bisogno di sfogarsi, parlare, buttare fuori tutto il dolore che aveva dentro, ma non poteva farlo, il suo principale compito era quello di proteggere Pedro, e lo avrebbe fatto sempre, qualsiasi cosa sarebbe successa.

Un lampo fiero le balenò negli occhi feriti, e fece sparire tutta la sofferenza che c'era poco prima, lasciando spazio alla donna di sempre, quella che con grande coraggio affrontava la vita di petto, senza chiedere aiuto a nessuno, e con l'unico pensiero di dare tutto l'amore possibile ai suoi cari figli. "Mio marito è in cattive acque, non guadagna nulla, ed era venuto a chiedermi dei soldi, abbiamo litigato e sono caduta, sono cose che possono succedere... lui comunque continua a voler bene ai suoi figli, e mi chiede sempre di loro. È un buon padre, nonostante i suoi difetti." Luca non ebbe il coraggio di replicare, capiva il perché di quelle parole, e si rese conto che era un perfetto estraneo, e non avrebbe potuto interferire nella vita di quella famiglia. Le chiese se aveva bisogno di qualcosa, e se in qualche modo poteva essere utile, e decise che era arrivato il momento di andarsene, anche se sarebbe rimasto volentieri lì, per riuscire in qualche modo a mettere a posto le cose, ma non era compito suo...e allora li salutò senza indugiare ulteriormente, e senza voltarsi si diresse verso l'uscita.

Capitolo 7

Capì che era arrivato il momento di pensare a quello che doveva fare. Doveva prendere la sua strada, raggiungere Puerto Plata e trasferirsi lì, alla ricerca di quell'uomo, Manuel Gonzalo. Raggiunse in fretta l'albergo per fare le valige e mettersi in viaggio, e cominciò a vedere il percorso. Ormai era quasi notte, ed erano necessarie circa tre ore per raggiungere la costa nord. Non conosceva la strada, e non sapeva se fosse facilmente percorribile, o presentava qualche difficoltà. Decise che non era il caso di avventurarsi di sera, dopotutto non c'era fretta, e poteva tranquillamente partire il giorno dopo. Si accese un sigaro e pensò di andare a cenare in qualche taverna giù in strada, aveva urgentemente bisogno di rilassarsi un po'. "Giulia..." ci pensò all'improvviso, da quanto tempo non la chiamava? Aveva il desiderio di sentirla, solo lei avrebbe potuto riportarlo alla realtà, a quel bisogno di sentirsi il terreno sotto i piedi, e alla necessità di non abbandonare la strada di sempre, quella che con tanta fatica aveva percorso. "Ciao tesoro, come stai? Scusami, so bene che sono incostante, che mi lascio prendere da tante cose qui, che dovrei essere più presente, che tu con me hai una pazienza infinita. Però sei per me un punto fermo, senza il quale andrei alla deriva, e non riuscirei a dare un senso a quello che sto facendo."
Giulia non riusciva a capire quelle parole, sentiva solo un velo di tristezza e di malinconia, che non erano consuete nel suo compagno, abituata com'era a sentirlo sempre forte e pieno di sé. Era molto meravigliata, e sicuramente era successo qualcosa che lo aveva turbato, ma non sapeva se chiederglielo, sapeva bene che lui raccontava solo quello di cui aveva voglia. "Hai qualcosa da dirmi? Ti sento strano, non sei quello di sempre."
"Forse è questo posto, ti prende, con tutte le sue contraddizioni e la sua vita così diversa dalla nostra. Mi sento solo un po' destabilizzato, ma sai bene che so cavarmela in

qualsiasi circostanza, non temere, ho imparato molto presto a saper badare a me stesso, anche se mi trovo dall'altra parte del mondo. Tu piuttosto, raccontami di te, ti vorrei avere qui in questo momento, mi manchi."

Giulia sorrise, erano le parole che aveva voglia di sentire più di ogni altra cosa, e decise che non era il caso di indagare oltre, era sempre stato così per lei, le bastava questo. Quei momenti che lui riusciva a dedicarle compensavano i lunghi vuoti a cui da tempo si era abituata, e le facevano tornare il buon umore. Forse era davvero innamorata di lui, non c'era altra spiegazione. E ancora una volta si ritrovò a pensare che non era cambiato nulla, che non c'era motivo di preoccuparsi, e che tutto filava liscio come l'olio. "Anche tu mi manchi, non vedo l'ora che ritorni, però so che ci vorrà un po' di tempo, aspetto sempre tue notizie, e cerca di non dimenticarti di me! Tienimi al corrente di quello che fai, anche se ti riesce così difficile...abbi cura di te, e stai attento, ti abbraccio forte." Luca posò il cellulare sul comodino e sorrise, quella donna non si era mai arrabbiata con lui, aveva sempre una parola e un pensiero gentile, e forse non si meritava tutto questo, ma non poteva farci nulla, non riusciva a riflettere troppo sui suoi comportamenti, o forse in fondo sapeva bene che lei non gli avrebbe mai rimproverato nulla.

Si infilò una camicia, si lavò il viso, e prese le chiavi della camera, scese giù nella hall, salutò e pagò il conto, avvisando alla reception che sarebbe partito il giorno dopo, e si avviò sul lungomare. L'aria fresca della sera e il profumo del mare, bastavano a riconciliarlo con la vita, e il rumore delle onde del mare gli regalarono una profonda sensazione di benessere. Un buon odore di frittura di pesce veniva dal locale proprio difronte a lui, e non ebbe dubbi, era quello che faceva per lui. Entrò e si sedette, ordinò un piatto misto e una bottiglia di vino, e decise di godersi fino in fondo quella bella serata, e il cielo stellato sopra alla sua testa, l'indomani avrebbe pensato a tutto il resto.

"Mamma, lui non tornerà più, vero?" La voce di Pedro la colse di sorpresa, mentre era intenta a cuocere la minestra di verdure sul fuoco, ed era assorta nei suoi pensieri. Doveva fare qualcosa per quel ragazzo, era troppo spaventato, anche lei lo era, ma non doveva perdere la sua lucidità, e quei due piccoli dipendevano da lei, doveva farsi forza come aveva sempre fatto. "Non lo so, tesoro, ma noi non abbiamo bisogno di lui, qui stiamo bene, e non ci manca nulla, il mio lavoro è sufficiente a darci da vivere, e non c'è nulla di cui preoccuparsi." Gli sorrise con il suo viso dolce e confortante, e Pedro si illuminò, gli bastò questo per sentirsi più tranquillo, ma come gli sarebbe piaciuto se Luca ora fosse lì con loro, a ridere e scherzare tutti insieme, come se nulla fosse accaduto, ma quante volte la sua mamma gli aveva detto che i sogni non sempre si realizzano, e che dobbiamo abituarci a non perdere di vista la realtà, e così era sempre stato per lui, dovevano andare avanti, e quello che avevano sarebbe bastato. Luna lo guardò con la coda dell'occhio, immaginava cosa stesse pensando, e aveva capito che si era affezionato molto a quello straniero, del resto anche a lei piaceva... ma sapeva bene che in quei posti i turisti piombano all'improvviso, e con la stessa velocità spariscono, loro fanno solo parte del folklore locale, come qualcosa di divertente che debba servire a distrarsi, e a regalare qualche momento di allegria. I Dominicani da tempo erano abituati a sorridere agli sconosciuti, a diventare loro amici, ma sanno bene che tutto questo dura solo qualche ora, il tempo di bere qualcosa insieme, raccontare qualche vicenda di quei posti, e dare le giuste informazioni. Niente di più. Pedro sarebbe cresciuto, e lo avrebbe dimenticato, e la stessa cosa avrebbe fatto lei, ma quanti pesi dovevano reggere le sue spalle...ce l'avrebbe fatta?
Sollevò lo sguardo al cielo stellato lassù, quella serata era davvero bella, respirò profondamente e sentì un po' di pace nel suo cuore, doveva godersi quel momento, l'indomani avrebbe pensato al resto.

Capitolo 8

Il sole era alto nel cielo, e il rumore della sveglia del cellulare lo colse all'improvviso. "Accidenti da quando sono qui, ho perso i mei ritmi, dormirei senza tregua!" Si fece una doccia, si vestì, prese il borsone che aveva riempito la sera prima e scese giù, aveva proprio bisogno di un buon caffè. Una bella fetta di crostata di frutta, lo mise di buon umore, e decise di mangiare anche un mango, uno di quei buoni frutti tropicali che aveva cominciato ad apprezzare già da un po'. Non doveva perdere altro tempo, doveva partire, usci fuori dall'albergo e si diresse verso la macchina. "Pedro, chissà come sta, e Luna, cosa faranno adesso? Quell'animale del marito ritornerà?" Sapeva bene che non poteva farci nulla, che le loro vite erano lontane mille miglia dalla sua, eppure continuava a pensarci, avrebbe voluto proteggerli in qualche modo, ma non sapeva cosa fare, e inoltre era lì per tutt'altra cosa. Ora basta, non doveva aspettare ancora, decise di infilarsi in macchina e partire, la cosa era tutt'altro che semplice. Mise in moto e si diresse verso la strada principale, da lì dopo un po' sarebbe uscito fuori da Santo Domingo. Quella strada era abbastanza lunga, e lui non smetteva di guardarsi attorno, ad ogni ragazzino che incrociava rallentava, con la speranza di rivederlo di nuovo, di incontrarlo per caso, come era successo il giorno prima. Ma non succedeva nulla, e ormai era quasi fuori dalla città, doveva rassegnarsi, e andare incontro al proprio destino, ma la vita com'è difficile certe volte, e succedono cose che non ti saresti mai immaginato di dover vivere, non siamo noi a decidere tutto, e troppo spesso quello che hai intorno ti fa soffrire, e non puoi farci niente, devi solo rassegnarti a guardare e sparire. La strada correva dritta davanti a lui, e l'azzurro del mare balenava all'improvviso tra la fitta vegetazione, il sole alto nel cielo rendeva ancora più bianca la spiaggia laggiù, una manciata di polvere finissima, che si sposava con le onde languide che la sfioravano, in una continua e leggera danza. Qui il Creato ci ha regalato uno dei

55

suoi migliori capolavori, dando vita a scenari di innata bellezza. Sarà sicuramente questo il motivo per cui i Dominicani amano dipingere, hanno una abbondanza di colori e sfumature per dar vita al loro estro.

La strada in pendenza si inarcava sempre di più, cominciando a salire sugli altipiani ad ovest dell'isola, e al primo tornante, lo spettacolo lo lasciò letteralmente senza fiato. Dall'alto il mare regalava in trasparenza i colori del fondale, e si intravedevano i pesci che nuotavano senza sosta. Una grossa tartaruga si era poggiata su uno scoglio a pelo d'acqua, e un po' più in là un'ombra rossa lasciava intravedere la punta di un sottile corallo. I raggi del sole riscaldavano il paesaggio con una luce argentea, e un gruppo di bagnanti correvano verso le onde. Non potè fare a meno di sorridere difronte a tanta bellezza, quando il suo cellulare squillò all'improvviso. "Ehi Valter, che piacere sentirti." "Ciao socio, ultimamente non è che ci sentiamo troppo spesso, gli impegni sono grossi laggiù?" Il tono canzonatorio lo mise di buon umore, e lo riportò improvvisamente a casa, alla sua Milano che non vedeva da un po', e che sicuramente continuava vorticosamente a muoversi senza sosta, in un turbinio di gente e di affari. "Penso che sarai molto più impegnato tu, laggiù, so bene cosa significa trovarsi a pochi giorni da un'asta, e soprattutto con i pezzi che questa volta siamo riusciti a presentare!" "Si non mi posso lamentare, devo dire di essere veramente bravo, potrei quasi fare a meno di te...penso di avere tutto sotto controllo, e i clienti sono anche soddisfatti dei miei consigli. Ma non ci fare l'abitudine però, per questa volta passi, ma non farò mai più un allestimento da solo, è una faticaccia enorme. Dopo mi prenderò io una bella vacanza... ad ogni modo ti ho chiamato anche per darti un'altra notizia, non indovinerai mai chi si è fatto vedere qui a Milano, Mister Colemann." Quella notizia gli fece fare un sobbalzo, erano anni che non lo vedeva, e che non aveva avuto più sue notizie, era l'uomo che gli aveva instillato una vera e propria passione per il collezionismo, una febbre che pochi hanno, e che quando ti prende difficilmente ti lascia, ed era colui che lo aveva involontariamente spinto a fare quel viaggio. "Accidenti, mi sarebbe piaciuto molto incontrarlo, penso di aver fatto con lui, le più lunghe discussioni sulle opere d'arte che abbia mai fatto. Ricordo una sera che andammo a cenare insieme, non ci rendemmo conto che il piccolo ristorante all'angolo di Porta Romana doveva chiudere, e noi continuavamo a chiacchierare senza sosta, attratti da tutto quello che più ci piaceva al mondo, quadri, sculture, ceramiche, un universo senza fine. E a un certo punto ci portarono il conto con un sorriso, i camerieri erano già tutti pronti per andarsene, e Mr Colemann ed io continuammo per strada, sempre più soddisfatti di aver finalmente trovato qualcuno che non si stancava mai di parlare di quegli argomenti. Che persona brillante, e che fine conoscitore, l'ho sempre profondamente ammirato, e ho grande stima di lui." "Penso che questa stima sia reciproca, perché quando gli ho detto che non c'eri, è rimasto molto deluso. Ma quando poi gli ho comunicato che eri nella Repubblica Dominicana, si è illuminato. Che bella notizia, ha detto, solo lui avrebbe potuto imbarcarsi in questa avventura, voglio assolutamente sapere cosa combina, e che cosa riesce a fare laggiù, e se non ha più il mio numero di cellulare glielo lascio, può chiamarmi in qualsiasi momento, mi farà molto piacere. E se ne è andato con una espressione estremamente soddisfatta." Luca non ci poteva credere, non lo sentiva da anni, e proprio adesso che si era deciso a seguire le sue indicazioni, quell'uomo era di nuovo comparso all'orizzonte. Ma per il momento non aveva nulla da dirgli, era ancora in alto mare, e chissà se sarebbe riuscito a trovare una buona pista. "Valter solo tu sai perché sono partito, perché chiunque altro avrebbe detto che ero un pazzo, e che andavo a cercare un ago in un pagliaio. Ma è stato più forte di me, e in ogni caso questi posti sono talmente affascinanti che ne è valsa la pena di fare questo viaggio." "Si amico mio, però mi raccomando non perderti troppo in tanta bellezza... ho visto Giulia ieri, e mi è sembrato di capire che non sono l'unico ad essere stato dimenticato da te. Quella ragazza ti adora, non la deludere, ne soffrirebbe troppo." Quella frase lo fece diventare improvvisamente serio, era vero, non poteva giocare con lei, e quando sarebbe tornato a Milano doveva capire con certezza quali erano i suoi sentimenti nei suoi confronti. "Hai ragione, ora sono confuso, e troppo distante per capire cosa fare, ma le voglio molto bene, e non le farei mai del male, ti ringrazio Valter, non sei solo il mio socio, ma uno dei migliori amici che abbia mai avuto, i tuoi consigli sono preziosi."

La strada che fino a quel momento era in salita, aveva lasciato posto a un dritto altipiano che gli permise di accelerare. Non gli piaceva viaggiare da solo, e ci voleva ancora un po' per arrivare, erano trascorse un paio d'ore da quando si era messo in viaggio, e ci mancava ancora un'oretta per arrivare a destinazione, sarebbe stato lì un po' prima dell'ora di pranzo, e la prima cosa da fare era cercare un hotel, possibilmente vicino alla spiaggia.

Si guardava intorno, con la netta sensazione di aver dato una svolta alla propria vita, di essere lì non solo per cercare qualcosa, ma per cercare anche dentro sé stesso, per dare sfogo a quella fastidiosa inquietudine che lo accompagnava già da diverse settimane, e lo faceva svegliare nel pieno della notte, cercando tra i propri pensieri una risposta a tutto ciò. Ma non c'era un motivo, non lo trovava, e più si guardava intorno, più trovava ragioni per essere soddisfatto di sé, dei propri traguardi, del suo lavoro, dei suoi amici, e della sua vita? Ma cosa voleva, cosa stava cercando, e soprattutto, perché gli succedeva tutto questo? A volte, quando siamo arrivati in alto, abbiamo raggiunto la cima, e abbiamo finalmente dato colore a tutti i nostri desideri, ci accorgiamo che manca qualcosa, manca proprio quello che ci può dare la serenità, la consapevolezza di una vita piena. E cominciamo a guardarci intorno, ad aprire gli occhi, ad annaspare, con il fiato corto, alla ricerca di una riva sicura, del calore di una spiaggia, di un raggio di sole che ci accarezzi il viso. E della mano di qualcuno che ci faccia sentire protetti. La sua spavalderia lo aveva condotto sin lì, su quel rettilineo, su quella isola, alla ricerca di un nuovo trofeo, di una nuova conquista da esibire allo sguardo incredulo dei suoi conoscenti, per dare ancora una volta testimonianza della sua forza, della sua bravura. Ma la sua esistenza sarebbe stata sempre così? Una continua verifica delle sue capacità? Un dover sempre mostrare? E gli comparve all'improvviso l'immagine severa di suo padre, il suo sguardo che cercava di capire cosa c'era dentro di lui, e di soppesarlo, di valutarlo. E così era andato sempre avanti, anche quando quegli occhi non erano stati puntati più su di lui, li sentiva lo stesso, come un monito a rendere bene, a non subire sconfitte, ad essere più su di un gradino, senza badare agli affetti mancati, alle amicizie perse, alla mancanza di calore.

La strada ora era costeggiata di verde, gli alti e robusti tronchi, e le foglie morbide e spesse gli ricordarono dov'era, immerso in quel clima tropicale. Un gruppo di vecchie case fatte di intonaco e lamiera, lasciava spazio davanti a sé, ad una corte, dove un gruppetto di bambini scalzi giocavano a pallone. Una donna anziana li guardava e sorrideva, chiamandoli insistentemente, per la paura che qualcuno potesse allontanarsi. Alla vista della sua auto cominciarono a rincorrerla, ridendo felici. Sorrise anche lui, salutandoli con la mano.

Improvvisamente pensò a Pedro, e si rese conto di quanto quel ragazzo lo avesse coinvolto emotivamente. "Chissà come sta, e cosa starà facendo." E il viso di Luna gli comparve in tutta la sua bellezza, fierezza e dignità, insieme all'amore che lei nutriva per i suoi piccoli. Quell'immagine gli riscaldò l'anima, e contribuì a fargli apprezzare quei luoghi, e quelle vite vissute con poco, lontane mille miglia dalla sua Milano, o perlomeno da quella che lui conosceva, da quella realtà in cui era abituato a vivere.

Sentì una sensazione di quieto benessere, e gli fece bene. "Una partenza è sempre un distacco, un salto nel buio." Da qualche parte doveva aver letto quella frase, e ora per magia il suo cervello la riportava a galla, come per dargli un segnale.

Guardò l'orologio, per un bisogno di ritornare alla realtà, alla sua vita di sempre, al solito Luca che non sbagliava una mossa, che era sempre concentrato su quello che era necessario fare, e si convinse che non doveva perdere altro tempo in quei pensieri, ma doveva sbrigarsi, non avrebbe certamente potuto rimanere in eterno su quell'isola. Ora la poteva vedere da lontano, Puerto Plata si stendeva davanti ai suoi occhi in tutta la sua bellezza, e sulla sinistra gli comparve il Pico Isabel de Torres, la vetta sulla cui cima si ergeva il Cristo Redentore con le sue braccia aperte. La alta collina a nord, prolungamento della cordigliera, era unita alla pianura da una teleferica, che permetteva ai visitatori di poter accedere alla sua sommità, regalando sicuramente alla vista uno spettacolo di incredibile bellezza. Ai suoi piedi si estendeva la città, e in lontananza una lingua di sabbia argentea, era costeggiata da una fitta e alta vegetazione. Il mare aveva un'incredibile varietà di sfumature, dal verde smeraldo, all'azzurro chiaro, fino ad arrivare al turchese più acceso. "Vabbè anche se non dovessi trovare Manuel Gonzalo, questo scenario non lo dimenticherò facilmente." L'allegria e il buon umore gli fecero sentire improvvisamente un leggero languorino che proveniva dal suo stomaco, e che l'aria tersa e l'odore del mare contribuivano a rendere più forte. "Ok, ora che sono arrivato a destinazione per prima cosa devo cercare un hotel dove dormire stanotte, e poi mi metterò alla ricerca di una locanda dove mangiare qualcosa." Decise di dirigersi al centro della città, perché lungo la spiaggia c'erano i resort, che forse difficilmente avrebbero avuto una stanza libera. Poi sicuramente sarebbe andato lì il giorno dopo.

Il centro della città era in stile coloniale, con case basse e coloratissime, lì veramente il tempo si era fermato. Era un susseguirsi di colonne vittoriane, colori sgargianti che alternavano il turchese più intenso, l'arancio, e il predominio incontrastato dell'azzurro. Il sole era alto nel cielo, e il caldo era mitigato da una piacevole brezza.

La costa del nord era conosciuta dai turisti per essere più ventilata, e il mare facilmente si increspava in onde alte. Nel corso degli anni c'era stato un sempre maggiore richiamo di giovani, che apprezzavano quei luoghi per praticare il surf, uno sport amato da molte persone. I resort sulla costa, e lungo la spiaggia di Cabarete, si erano attrezzati con istruttori e corsi preparatori, per soddisfare le esigenze di tutti. Insieme al surf, erano sfruttati i grandi spazi verdi, circondati da vegetazione, per realizzare grandi campi da golf, che richiamavano l'interesse dei tanti amanti di questa pratica, che trascorrevano piacevolmente le loro giornate. Ce ne era un po' per tutti, su quella costa, e proprio per questo, da un po' di anni, aveva cominciato a fare concorrenza alla più conosciuta costa del sud dell'isola, scoperta inizialmente per la bellezza del suo litorale, e delle sue isolette.

Puerto Plata era piuttosto grande, e le vecchie case in stile coloniale erano state trasformate in casa vacanze e in hotel, per accogliere i turisti. Gli abitanti del luogo erano da sempre abituati ad avere a che fare con gli stranieri, ed erano piuttosto ospitali. Gli artigiani avevano intensificato la produzione dei loro prodotti, ed erano sorte delle fabbriche di sigari, e tutti potevano visitarle, e provare il gusto di quel particolare tabacco. Una grande risorsa era l'ambra, la bella pietra naturale, dal particolare e caldo colore che aveva mille sfumature, da quello più chiaro e trasparente, tendente al giallo paglierino, a quello più intenso e scuro, con riflessi dorati e marroni. Le donne erano particolarmente attratte dalle grosse collane di pietre grezze, mentre c'era chi preferiva quelle più pregiate, tagliate laboriosamente dai maestri artigiani. E la sera si potevano ammirare le belle signore abbronzate al sole caraibico, adornate di gioielli ambrati, che passeggiavano sulla lunga spiaggia resa argentea dal chiarore della luna, e ridevano di gusto, per la tipica atmosfera allegra che si respirava in quei posti.

"Manuel Gonzalo, con i suoi gioielli deve aver trovato terreno fertile qui" pensò Luca "Chissà quante signore ha reso felici, con le sue creazioni". Mentre girava con la macchina si guardava intorno, alla ricerca di qualche edificio che lo ispirasse per fermarsi, e depositare i suoi bagagli, e alloggiare lì per qualche giorno, nell'attesa di raccogliere quante più informazioni possibili. Non aveva molto in suo possesso, a parte il racconto del signor Colemann, che ormai gli sembrava quasi surreale, come una favola raccontata ad un bambino credulone, che sgrana gli occhi sentendo tante meraviglie. Sorrise di sé, e decise improvvisamente di fermarsi, alla vista di un bell'edificio di colore turchese, che vantava la scritta di "Victorian Hotel". "Vediamo un po' cosa offre, e che accoglienza fa, mi sembra adatto, e anche abbastanza centrale". Parcheggiò nel vialetto laterale, scese, e aprì il portabagagli per prendere la valigia.

Due colonne e una rampa di gradini davano accesso ad un bel patio ombreggiato, e una serie di grossi vasi ospitavano belle piante ornamentali di uno scuro e brillante verde, che faceva contrasto con il turchese delle pareti. L'aspetto era curato, ed alcuni tavolini e sedie in stile liberty, davano agli ospiti ristoro, dove un giovane dominicano offriva cocktail in grosse coppe di vetro, ornate di bella frutta piacevolmente intagliata. Una coppia di turisti, probabilmente nordica, a giudicare dalla pelle chiarissima, e dai capelli di un biondo tendente quasi al bianco, sorseggiava con gusto quella bevanda. Luca pensò tra sé, che non capiva bene se avesse più fame o sete, ma decisamente era giunta l'ora in cui il suo stomaco aveva bisogno di essere preso in considerazione. Una leggera tenda bianca lo accolse all'ingresso, e al suo passaggio si sollevò, facendogli intravedere l'interno. Rimase piacevolmente sorpreso, nell'osservare la sala che lo accolse. Sembrava di essere stati proiettati in una atmosfera dei primi anni del novecento. Un lungo mobile scuro, probabilmente in radica di noce, fungeva da reception, e due ragazze in uniforme, lo accolsero con un sorriso. Il pavimento era in legno, e delle alte specchiere dorate, davano profondità all'ambiente. Due coppie di poltrone tappezzate con damasco azzurro, erano dietro a due grossi tavolini in cristallo, poggiati su due basi di ferro battuto. Un po' sparse grosse fioriere in ceramica, ornate di scene tropicali, ospitavano alte piante dai grossi tronchi, e dalle spaziose e lucide foglie, che davano freschezza all'ambiente. E una leggera corrente d'aria era offerta dagli ampi e alti finestroni, che si ergevano sulle pareti laterali della sala. Luca si diresse con passo svelto verso le due ragazze, e con il suo spagnolo un po' carente, chiese una camera possibilmente con vista mare. Una delle due gli sorrise, e gli rispose in italiano. "Certo segnor, abbiamo una bella camera ad angolo al secondo piano, con un terrazzino che prende entrambi i balconi, e da lì può dominare l'oceano!" Luca sorrise, a quella splendida offerta, e accettò di buon grado le chiavi. Salì a piedi l'ampio scalone che conduceva su, e ammirò i disegni e le pitture con cui artisti locali avevano abbellito le pareti, creando un vero e proprio paesaggio man mano che si saliva. Sembrava di essere al centro di una foresta tropicale.

Si trovò su un ampio ballatoio, con una fila ordinata di porte di legno color panna, e si diresse verso la ventuno, quella che gli era stata assegnata. La camera era fresca e pulita, con un buon odore di vaniglia mista a tabacco. Sul letto facevano mostra di sé un mucchietto di cioccolatini, a testimonianza che lì ci si trovava immersi nella coltivazione del cacao. E su un tavolino di legno scuro c'era un piccolo vassoio con due sigari. Un grosso armadio di legno chiaro si trovava sulla parete opposta al letto in ferro battuto, su cui spiccavano dei cuscini bianchissimi, e un leggero copriletto color panna. Il bagno era reso vivace dalle maioliche di un verde smeraldo, che contrastava con un vecchio mobile di legno, una vetrinetta, in cui si intravedevano degli asciugamani puliti, e dei saponi alla vaniglia. L'insieme era decisamente piacevole, ora non gli rimaneva altro che disfare i bagagli, e uscire fuori al terrazzo, per godersi la vista. Decise di aprire le imposte, sollevando la tenda, e non appena mise piede fuori, rimase senza fiato. L'oceano era davanti a sé, e il sole caldo a quell'ora, regalava una luce incredibile. La spiaggia era piena di gente, ma nella sua immensità ospitava tutti. Le onde si increspavano, e offrivano agli occhi tutte le gradazioni di colori possibili. Partendo da un bel verde smeraldo lungo la costa, fino ad arrivare al blu più intenso verso il centro dell'oceano.

Luca respirò profondamente, al suo ritorno a Milano, sicuramente gli sarebbe mancata quell'aria tersa. Chiuse gli occhi, e dopo qualche minuto, decise di cambiarsi, e scendere giù in strada, sarebbe volentieri andato a pranzare.

Si diresse verso il lungomare, e si fermò ai tavoli di un piccolo ristorante. Aveva veramente bisogno di rifocillarsi, e prese un bello spezzatino con verdure, e assaggiò con gusto la frutta che gli venne offerta su un piatto da portata. Si trattenne ancora un po', pensando che avrebbe dovuto chiedere parecchio in giro, nei prossimi giorni. Non sarebbe stato facile trovare quell'uomo, ma ormai era lì, si era imbarcato in quell'avventura, e non poteva tornare indietro senza provarci. La nuvoletta di fumo che usciva dalla sua bocca, creava dei cerchi concentrici, che piano piano si allontanavano, e sparivano nell'aria. Ricordava bene quel pomeriggio a Milano. La telefonata lo fece sobbalzare, mentre era con un cliente interessato ad un quadro di Giacinto Gigante. Una pittura ad olio, che raffigurava il golfo di Napoli, con le piccole imbarcazioni dei pescatori. Dal cellulare gli arrivò la caratteristica voce di Mister Colemann con il suo accento americano. "Ciao Luca, sono qui a Milano per lavoro, vorrei venire in galleria, per vedere da vicino cosa esporrai alla prossima asta". "Con molto piacere, l'aspetto qui, mi può trovare fino a stasera, perché ho parecchio lavoro da sbrigare".

Verso il tardo pomeriggio lo sentì arrivare, e lo accolse con un abbraccio. Gli faceva sempre molto piacere vederlo, come un vecchio amico, con cui poteva condividere una comune passione, l'arte. "Che piacere vederla, non capita spesso!" "Caro Luca, verrei con piacere, ma la vita che faccio, anche alla mia età, mi fa stare sempre dietro al lavoro." E così cominciarono una lunga chiacchierata, cercando ognuno dei due di raccontare un po' di sé, condividendo esperienze, avventure, emozioni. E come al solito non si accorsero che ormai era tarda sera, e forse avrebbero dovuto, ognuno di loro, tornare alle proprie abitazioni. Mister Colemann aveva preso alloggio all'Hilton, come era solito fare, quando si trovava a Milano. Quando all'improvviso si illuminò, perché la sua mente aveva toccato un ricordo che gli era particolarmente caro. "Non ti ho mai raccontato della mia avventura ai Caraibi, avvenuta tanti anni fa, durante una vacanza. Avevo preso alloggio in un villaggio nella Repubblica Dominicana, e conobbi un giovane dominicano, un certo Manuel Gonzalo, che creava collane di pietre naturali. La sera facevamo lunghe chiacchierate, con cui mi raccontava della particolarità di quei posti. Finchè un giorno mi raccontò di aver conosciuto un pescatore. Quest'uomo era sposato con una bellissima donna dell'isola Martinica, che era stata la compagna di un francese, morto per cause naturali. Ma la cosa eccezionale di questo racconto, era che questa donna aveva ereditato da lui un quadro, una cosa meravigliosa, raffigurante delle giovani donne che ballavano su una spiaggia al chiaro di luna. Il dipinto proveniva a sua volta da una eredità che il francese aveva ricevuto dalla sua famiglia, e l'autore aveva un nome più che eccellente. Paul Gauguin."

Luca trasalì, se quel racconto era attendibile, esisteva un quadro di Gauguin, che nessuno aveva mai visto, e che probabilmente lo stesso autore aveva regalato in passato a

65

qualche francese che si era trasferito come lui per un periodo nella Martinica, prima di cominciare la sua avventura in Polinesia. La sua mente cominciò a fantasticare, chissà se quell'uomo era rintracciabile, se possedeva ancora il quadro, se fosse stato intenzionato a venderlo, magari poteva essere un colpo grosso per la sua casa d'aste, il fiore all'occhiello che chiunque appassionato d'arte avrebbe sognato! Comunicò tutte quelle sue emozioni a Mister Colemann, chiedendogli come mai non fosse andato alla ricerca della tela trovandosi lì. Ma l'anziano signore gli rispose che si trovava lì con la famiglia, che voleva godersi la vacanza, e non aveva nessuna intenzione di ascoltare le chiacchiere di un giovane di quel posto, che poteva anche avergli raccontato una bella frottola. E così poi partì, ma il ricordo di quel racconto, lo continuava a incuriosire, e spesso si era domandato se non fosse stata una bella occasione persa. Sapeva solo che quell'uomo era di Santo Domingo, ma girava spesso lungo l'isola, per vendere i suoi gioielli sulle spiagge. Non sapeva se avesse un negozio da qualche parte, ma sicuramente il padre era un pescatore, abbastanza conosciuto anche lui per la sua bravura.

Da quel momento qualcosa era cambiato nella sua vita. Quella sera stessa mentre si incamminava verso casa, un'esplosione di pensieri, immagini, ipotesi, progetti, correvano su e giù per il suo cervello, creando sinapsi simili a scosse elettriche che lo tennero sveglio tutta la notte. Un piccolo terremoto sensoriale, che non lasciava spazio al riposo, e che avrebbe da quel momento condizionato la sua vita e i suoi pensieri.

Capitolo 9

Era ormai già trascorso un po' di tempo da quella sera, e ricordava bene l'alternarsi di decisioni contrastanti che lo avevano tenuto sulle spine nei mesi seguenti. Il suo lavoro lo assorbiva completamente, e non gli dava molta libertà, ma nello stesso tempo, il pensiero di quel racconto lo assaliva all'improvviso, e non gli dava tregua, come un qualcosa che era lì, in un angolo, e non lo avrebbe abbandonato tanto facilmente. Giulia la sua compagna da circa un anno gli sorrideva, e cominciò ad avere maggiore cura di lui. Era abituata a vederlo sempre sicuro di sé, tranquillo, si, magari con qualche momento di insofferenza, ma chi non ne ha? Ma adesso no, qualcosa in lui era cambiato, come se quell'inquietudine che ogni tanto lasciava trasparire, ora si fosse accentuata, lo coinvolgesse emotivamente, dandogli quell'espressione pensierosa, come di chi ha qualche problema che non ha il coraggio di raccontare agli altri. Molte volte lui fu sul punto di raccontarle quello che aveva saputo, del racconto di Mister Colemann, ma c'era qualcosa che glielo impediva, aveva buone ragioni di essere preso per pazzo, di dare credito a qualcosa che era avvenuto tanto tempo prima, e di cui nessuno era a conoscenza. Oltretutto era conosciuto nell'ambiente come una persona concreta, affidabile, assolutamente degna di stima, e aveva impiegato non pochi anni e fatica per acquistare quella credibilità nel suo ambiente. "Non ti capisco Luca, è già da un po' che sei strano, pensieroso, a volte ho la sensazione che mentre ti parlo, la tua mente sia altrove, lontana mille miglia da qui, vorrei fare qualcosa per te, per aiutarti, ma non so che cosa. Tesoro sai quanto ci tengo per te, se c'è qualcosa che posso fare, dimmelo."

Quella sera, si erano visti sul presto, con il desiderio di fare una passeggiata per le vie di Milano. Non avevano una meta precisa, ma a entrambi piaceva, quando staccavano dal lavoro, di incamminarsi così, senza pensare, alla scoperta di qualche angolo che non conoscevano, e alla ricerca di qualche piccolo locale, o ristorante dove non erano mai stati prima. Cominciarono a dirigersi giù per via Brera, fino ad arrivare ai giardini della Guastalla. La serata era bella, il cielo stellato, ed era particolarmente piacevole passeggiare. Chiacchieravano di tutto, senza sosta, come se si conoscessero da una vita, e avevano mille cose da raccontarsi. Giulia era veramente bella quella sera, con il chiarore della luna che illuminava ancora di più i suoi occhi di un verde profondo, e la sua carnagione leggermente ambrata, che le dava un fascino particolare. Le ore passavano veloci, e si era fatto piuttosto tardi, avevano oltrepassato piazza Venezia, nel loro continuo bighellonare, e tra una risata e l'altra la fame cominciava a farsi sentire.

Sulla loro sinistra videro una scritta invitante, "Locanda Saint Pierre".

Pensavano di trovarsi in uno di quei locali in stile francese, magari un po' bohemienne, ma il loro stupore fu enorme, quando, varcata la soglia, si trovarono al centro di un vero e proprio giardino tropicale. Alti alberi dal fusto ramificato, intrecciavano le loro larghe foglie, creando pareti verdi, che regalavano una bella frescura, e davanti a loro allineati dei tavoli di legno grezzo, erano posti su grosse canne di bambù. L'atmosfera era decisamente esotica. Al centro una grossa fontana, illuminata da una serie di fiaccole, da cui zampillava una piccola cascata d'acqua. Nella vasca galleggiavano dei grossi fiori, e in sottofondo si poteva sentire il suono di una melodia. Si diressero verso l'interno per esplorare il locale. Lo spazio era ampio, e vi erano alloggiati gli stessi tavoli che erano fuori. Un grosso Buddha, sembrava accogliere i visitatori, e le pareti erano coloratissime.

Una donna li accolse con un sorriso, accompagnata da camerieri italiani che indicarono dove sedersi, perché il locale era particolarmente gremito. Un intenso profumo di spezie li avvolse, un misto di curry e zucchero caramellato.

"Buonasera, sono Emanuele, se volete posso consigliarvi, in

genere chi viene qui per la prima volta, è sempre un po' spaesato, ma di solito ritorna!" Un giovane alto e abbronzato, rivolse loro un sorriso affabile, mentre parlava. "E' molto bello questo locale, veramente particolare, ma non ci spiegavamo il suo nome, Saint Pierre?" "E' quello che mi chiedono tutti, vede sono un appassionato dei Caraibi, e quando posso ritorno lì volentieri, credo di averne visitate tante di isole, ma ce n'è una in particolare dove ho lasciato il cuore, La Martinica. Sono stato lì un po' di anni fa, e c'è una città che si chiama appunto Saint Pierre. Fu distrutta completamente da un'eruzione, agli inizi del novecento, e poi fu ricostruita con il tempo. Persero la vita molte persone, ma gli abitanti fecero del tutto per farla rinascere, e proprio lì ho conosciuto qualcuno che ancora non riesco a dimenticare... per questo ho chiamato così il mio locale. Ma ora vi voglio far deliziare con la mia cucina!" I Caraibi... ancora una volta ritornavano, anche quella sera, a fargli accendere nuovi pensieri, anche se ora era lì, con Giulia, e quella serata gli piaceva davvero. Quella donna aveva la capacità di farlo stare bene, di trasmettergli quelle sensazioni che aveva cercato molte volte, senza riuscire a trovarle. Lo amava così, con i suoi difetti, le sue mancanze, le sue ombre, e non gli chiedeva mai nulla. Sapeva di non essere capace di dare molto, di essere cresciuto con poco amore, tanti agi, ma tanta solitudine, e quella sensazione lo accompagnava anche quando si trovava in mezzo alla gente. Ma Giulia riscaldava il suo cuore, e lo faceva sentire nel posto giusto, placava quella velata inquietudine che portava sempre con sé, fin da quando era piccolo, e cercava un po' di attenzione in chi gli stava intorno.

Si scosse all'improvviso da quei ricordi, cominciava a sentire il fresco della sera, e decise di ritornare in albergo, era un po' stanco, e l'indomani avrebbe cominciato ad organizzarsi su cosa fare. Non aveva un programma preciso, e per la prima volta nella sua vita, aveva cominciato qualcosa senza sapere come l'avrebbe conclusa, e in che modo. Questo era completamente nuovo per lui, e faceva fatica ogni volta ad abituarsi a quell'idea, gli sembrava quasi di essere un Luca diverso, un'altra persona.

La luna lo accompagnava durante il tragitto verso l'albergo, come una vecchia amica che gli mostrava la strada, e illuminava tutto al suo passaggio. I colori forti dei palazzi, erano come un vecchio cartone animato che prendeva vita quando il chiarore restituiva loro il giusto splendore, e la mente li riempiva con mille personaggi diversi, come appena usciti da un film. Camminava per quelle strade, e immaginava di trovarsi in un'altra epoca, agli inizi del novecento, dove i palazzi vittoriani si mescolavano a quelli più modesti, in un alternarsi di sfumature. E gli antichi spagnoli, scesi dalle loro leggere caravelle, guardavano con aria interessata le giovani mulatte, che camminavano ondeggiando, con i loro abiti lunghi e il loro sguardo fiero. Provava un gusto particolare, ad immaginare epoche diverse dalla propria. Gli succedeva spesso, anche quando toccava un oggetto antico. Lo accarezzava, e gli sembrava di vedere le mani che lo avevano stretto, gli uomini che lo avevano posseduto, e le storie che inevitabilmente potevano essere legate ad esso.

Quante cose racchiudono gli antichi palazzi, quante vite vissute, e quanti misteri sono chiusi tra le mura di vecchie case. Forse era stata proprio quella sua curiosità di conoscere, di sapere, che lo aveva spinto fin lì. Non era solo sete di guadagno, ma era il gusto della scoperta che lo accompagnava da sempre. Era il sapore della conquista, l'essere arrivato prima di qualcun altro, e aver trovato qualche piccolo tesoro nascosto a cui nessuno aveva dato il giusto valore. Come quella volta che lo avevano chiamato per raggiungere la Brianza. Nelle campagne a sud di Monza, era da poco finito un vecchio Duca, e i suoi eredi avevano deciso di mettere all'asta i suoi beni. Doveva ringraziare la sua vasta rete di informatori, che anche quella volta gli avevano permesso di arrivare prima degli altri. Valter la sera prima era stato chiamato da una cara amica di famiglia del Duca, che aveva illustrato loro la serietà e la professionalità

di Luca, e della sua casa d'aste.
La strada per arrivare attraversava le vaste campagne, dove una natura rigogliosa offriva agli occhi uno spettacolo superbo.
Entrò deciso nel cancello e attraversò il lungo viale alberato che lo conduceva proprio difronte all'antico palazzo. Le aiuole curate con piccoli fiori colorati, facevano contrasto con i grandi salici da cui pendeva il lungo e leggero fogliame. Al centro una fontana in stile Barocco, accoglieva il visitatore, e una scalinata di marmo conduceva all'alto portone di quercia. Un giovane cameriere in uniforme lo stava aspettando e lo condusse nel vestibolo. Un parato di stoffa rosso pompeiano, faceva da sfondo ad un lungo divano Luigi XV, e una consolle di marmo ospitava un grosso orologio in oro zecchino. Una alta specchiera dava maggiore solennità all'ambiente, e alle pareti quadri incorniciati di legno scuro intagliato, ospitavano i volti degli antenati, che sembravano scrutare l'ignaro visitatore. L'ambiente era decisamente austero, e testimoniava i fasti vissuti da quella famiglia.
Si incamminò dietro il maggiordomo, ed entrò nel salone principale della casa, era lì che i giovani eredi gli volevano mostrare la loro collezione.
La sua emozione fu enorme, nel constatare che tra tanti tesori, in una nicchia creata apposta nel muro, e incorniciata da un leggero legno color panna, era collocato un piccolo Renoir. Un vero e proprio gioiello, una bambina con dolci occhi azzurri, che giocava con una palla in un giardino pieno di fiori. Una cascata di capelli biondi, faceva contrasto con l'abito blu scuro, con un ampio colletto di merletto bianco. Era davvero una delizia, e quando seppe della volontà degli eredi di venderla, la sua euforia salì alle stelle! La sua galleria avrebbe ospitato un Renoir, non vedeva l'ora di avvisare i suoi clienti più affezionati, avrebbero fatto faville.
Completò gli accordi con gli eredi, le date, il giorno in cui sarebbero venuti a prelevare il quadro, le assicurazioni da

firmare. Era fatta, ora doveva solo esporre l'opera per farla ammirare a tutti.

Tornò in macchina, e per prima cosa chiamò lei, Giulia, voleva subito comunicarle la bella notizia, ora potevano contattare i grandi collezionisti internazionali. Lei in questo lo collaborava alla perfezione, la sua agenda era piena di contatti, e il loro catalogo raggiungeva tutti, sarebbe stato ancora una volta un successo.

Immerso nei suoi pensieri ormai aveva raggiunto l'albergo, varcò la soglia e si diresse alla reception per prendere la chiave, salì in camera e decise di chiamarla, si sentiva solo, e aveva bisogno di parlare con una voce amica. Il cellulare squillò a lungo, a vuoto, e si meravigliò molto per questo, e la sua inquietudine lo accompagnò nel sonno. Ma non voleva pensarci, il giorno successivo avrebbe dovuto muoversi, per dare un senso a quel viaggio in terre lontane.

Capitolo 10

Un chiacchiericcio lo svegliò il giorno dopo, aprì gli occhi, e incuriosito si affacciò al balcone. La strada era piena di gente, era giorno di mercato, e in fondo poteva vedere le bancarelle che ospitavano di tutto, cibo, vestiti, piccole tele variopinte, e una infinità di stoffe. Si infilò sotto la doccia, si vestì, e scese giù, per mescolarsi tra la gente, in cerca di qualche utile notizia, e, perché no, anche fare un bagno su quella lunga spiaggia dorata non sarebbe stata una cattiva idea.

Salutò con un sorriso la signorina della reception, e si diresse spedito nella veranda per fare la colazione. Un profumo di cannella mista a vaniglia lo avvolse piacevolmente, e osservò con gusto il buffet, che ospitava dolci di vario tipo. Scelse con cura una crostata di frutta, e si riempì la tazza di thè, e infine prese un po' di dolcetti al cioccolato, che avevano un'aria veramente invitante. Diede un'occhiata alla sala. C'era un tavolino in fondo, proprio vicino alle alte vetrate della veranda. Da lì si poteva ammirare la lunga lingua di spiaggia dorata, e la linea dell'orizzonte sembrava talmente vicina da poterla toccare. Si sedette con il suo vassoio colmo, e cominciò a mangiare con gusto. "Lei è italiano, vero?" Si girò alla sua sinistra, e vide un uomo sulla cinquantina, leggermente abbronzato, indossava abiti di fattura italiana, con una camicia di lino bianca, e dei pantaloni grigi di cotone leggero. I capelli un po' lunghi sulla nuca, e un paio di baffi, gli regalavano un aspetto affabile, e la sua mano tesa aspettava un suo cenno per presentarsi. Luca gli strinse la mano. "Sì, sono di Milano, mi trovo qui per un viaggio di piacere". "E ha fatto bene a venire in questi posti, ci si può rilassare e godere del clima fantastico. Mi sono innamorato di questa costa un po' di anni fa, dopo essere stato a Santo Domingo. Ma sa, quella ormai è una vera e propria città, con tutte le sue contraddizioni, e la sera lì, a volte bisogna fare anche un po' di attenzione a non andare nei posti isolati, per non fare spiacevoli incontri. Invece qui ho trovato veramente la pace. E così un po' alla volta sono venuto sempre più spesso." "Ha ragione, anch'io ho avuto la sua stessa sensazione, ma il suo lavoro le dà la possibilità di muoversi con facilità?" "Abbastanza, abito in un piccolo comune del basso Lazio, Veroli, non so se lo conosce, e possiedo un'azienda vinicola in società con mio fratello. Cerchiamo entrambi di ricavarci degli spazi per noi, e fortunatamente gli affari vanno bene, abbiamo degli ottimi collaboratori, e possiamo concederci il lusso ogni tanto di poterci assentare." "Conosco quella zona, ed è veramente bella, anni fa ho visitato il castello di Fumone, ed è stata davvero una esperienza gradevole. Quella dimora ha ospitato per molti anni il Papa del "gran rifiuto", come disse Dante, Celestino V. E c'è un panorama da quel giardino incredibile." "Vedo che è un appassionato di storia. Le campagne lì intorno sono ricche di aneddoti, e molti di essi sono proprio legati al vino, sa?" "Davvero? Mi farebbe piacere ascoltarla, se vuole può raccontarmi qualcosa, a Milano mi occupo di antiquariato, e necessariamente mi capita di studiare la storia, fa parte un po' del mio mestiere!" "Con piacere, allora! Deve sapere che nella zona a nord di Roma, si narra che un vescovo tedesco, doveva segnalare all'imperatore Enrico V di Germania, in visita al Papa, i posti dove fermarsi nei pressi della capitale. Il Vescovo, a sua volta, aveva istruito il suo servo, di usare un messaggio in codice. Qualora il Prelato avesse trovato un buon vino, avrebbe dovuto scrivere est, ovvero c'è, vicino alla porta della locanda, e se fosse stato particolarmente buono, lo doveva scrivere due volte: est, est. Il servo, quando giunse a Montefiascone, e assaggiato il vino, lo trovò talmente buono, che scrisse fuori alla locanda: Est! Est! Est! Il Vescovo ne fu entusiasta, e si fermò lì per tre giorni. E così quel vino da allora fu chiamato così." "E' davvero una storia simpatica, non la conoscevo." "E non è l'unica, deve sapere che nella zona del Piglio, si coltiva la vite sin dai tempi

74

antichi. Si dice che il Cesanese, fosse il vino preferito da Federico II di Svevia, che lo faceva servire nei suoi banchetti. Inoltre era molto apprezzato dai Papi di Anagni, Innocenzo III, e Bonifacio VIII. Sicuramente, quindi il Cesanese è molto antico. La nostra azienda si è specializzata nella sua produzione. Amo i vini rossi, il loro gusto speziato e corposo. Anche il Cabernet, viene prodotto da noi, anche se in misura ridotta. Fu importato dalla Francia nella seconda metà dell'ottocento, ed ebbe una produzione molto fiorente, per poi diminuire. Ora è rinato come Cabernet di Atina, e ho cominciato anch'io a gustarlo con piacere." "E' davvero piacevole ascoltarla, e devo convenire che non si finisce mai di imparare nella vita, non avrei mai immaginato di ascoltare queste storie proprio qui, ai Caraibi!" "Ha ragione, vede con il passare degli anni ho deciso di acquistare una casa qui, vicino alla spiaggia, e quando posso prendo un volo, e mi trasferisco per un po', mi rigenera, e mia moglie mi segue con piacere. Adesso non è venuta, perché nostro figlio ha bisogno di essere seguito con la scuola, è un po' carente in matematica, e lei ha deciso di rimanere in Italia per aiutarlo, ma mi ha spronato a partire, per non farmi perdere questo periodo in cui ero più libero. Quando vuole, avrò il piacere di ospitarla a casa mia, anche per cena, così le farò assaggiare qualche pietanza italiana, e sicuramente accompagnata da un buon vino!" "Lo farò con grande piacere, se vuole anche domani sera, mi dia l'indirizzo e il suo numero di telefono, sarò da lei per le venti." I due si scambiarono i rispettivi numeri di cellulare, e poi Luca si diresse alla spiaggia, aveva proprio bisogno di fare un buon bagno ora, era quasi mezzogiorno, ed era l'ora giusta per fare un tuffo in quel meraviglioso oceano.

L'incontro lo aveva messo di buon umore, e cominciò a pensare che quella era proprio una bella vacanza. La calura era mitigata dai venti che caratterizzavano quel lato della costa, ed il mare era piuttosto mosso. Si incamminò lungo uno stretto sentiero vicino l'albergo, dall'altro lato della strada, sarebbe giunto alla spiaggia abbastanza presto. La stradina era costeggiata da una bella vegetazione, e i ciottoli ben presto lasciarono il posto ad una sabbia dorata che piano piano diventava sempre più sottile. Un po' alla volta riusciva a scorgere l'azzurro del mare attraverso il fitto fogliame, e a sentire il vociare dei bagnanti. Finalmente giunse a destinazione, e tolte le scarpe, cominciò a sentire la sabbia morbida sotto ai piedi, e a vedere la moltitudine di persone che affollavano il litorale. C'erano famiglie con bambini, giovani con le loro tavole da surf che si incamminavano verso il mare, pregustando il momento in cui avrebbero cavalcato le onde alte che si rincorrevano senza sosta. E anziani che passeggiavano godendo la bella giornata.

Il mare era di un verde intenso, l'oceano si mostrava davanti a lui in tutta la sua maestosità, e sulla destra una fila di ombrelloni in paglia e lettini accoglievano i turisti più esigenti che sorseggiavano cocktail ghiacciati per rinfrescarsi. Dall'alto, dei bagnini sorvegliavano la costa, per la tranquillità di tutti, e una musica di sottofondo, portava anche il ritmo del merengue per ricordare a tutti che ci si trovava in un luogo di divertimento e benessere. Luca decise di sdraiarsi con il suo telo sulla sabbia, a poca distanza dalla riva, la linea dell'orizzonte avrebbe accompagnato i suoi pensieri, e lo avrebbe aiutato a pensare in che modo doveva muoversi, come avrebbe dovuto impiegare il suo tempo, e soprattutto a chi doveva cominciare a chiedere per avere qualche indizio che lo avrebbe potuto aiutare. Non sarebbe stato facile, lo sapeva bene, e solo con un colpo di fortuna poteva riuscire a trovare la persona che cercava. Magari avrebbe chiesto qualche informazione a Lorenzo, che aveva appena conosciuto in albergo, lui che frequentava già da un po' quei posti, avrebbe potuto aiutarlo, forse indirizzarlo a qualche artigiano del luogo che avrebbe potuto conoscere Manuel. In ogni caso conveniva chiedere un po' in giro, con la speranza di avere qualche informazione, tra un po' si sarebbe alzato, e sarebbe andato al bar, che aveva visto poco distante sulla spiaggia, avrebbe preso qualcosa e poteva cominciare a fare qualche domanda a qualcuno del posto. Ormai sapeva che quelle persone erano abbastanza aperte, e poteva sperare di riuscire a sapere qualcosa in più.

La luce del sole si rifletteva sulle onde e sulla sabbia bianca, a quell'ora era quasi difficile tenere gli occhi aperti, perché la luminosità era accecante. Molti si tuffavano nelle onde, perché il vento si era improvvisamente placato, e il caldo cominciava a farsi sentire. Un giovane era caduto in mare dalla sua tavola, e tornava a riva a nuoto, trascinando con una mano il suo surf. I bambini ridevano, cercando di costruire dei castelli di sabbia, ora che la brezza si era placata.

Luca fissò un punto laggiù all'orizzonte, dove riusciva a intravedere una barca a vela, che si spingeva sempre più al largo, e la luce argentea si rifletteva sulle onde.

Fissò il mare e aggrottò la fronte, non ne era sicuro, ma gli sembrava di scorgere qualcosa tra le onde, come una piccola macchia scura che a tratti riemergeva per poi scomparire di nuovo. Era piuttosto lontana, e non riusciva a capire di che cosa si trattasse. Nessuno poteva averla ancora notata, e lui non riusciva a capire di che si trattasse, anche se non staccava gli occhi da lì per il timore che potesse essere qualcosa di pericoloso. Ma anche se fissava il mare, le onde al largo erano piuttosto alte, e gli impedivano di poter vedere bene. Avrebbe voluto alzarsi, andare al bar, per cominciare a chiacchierare con qualcuno, ma una vaga sensazione di timore lo faceva rimanere inchiodato lì, e non gli permetteva di muoversi. Cosa avrebbe dato per capire quello che stava succedendo, e che cos'era quella macchia. Forse avrebbe dovuto avvisare il bagnino, ma poteva darsi che i suoi timori fossero infondati, e non era il caso di allarmare le persone, o addirittura poteva aver preso un abbaglio. Era facile confondersi con quella luce così accecante, gli occhi giocano brutti scherzi, e il riverbero della luce sull'acqua di certo non aiutava. Una coppia di persone si rincorreva sulle onde con la tavola che sfrecciava verso la riva, e la barca a vela ormai era lontana, dall'altro lato della baia, ed era quasi scomparsa alla vista.

Il vento aveva ricominciato a farsi sentire, e le onde si increspavano creando una leggera spuma bianca che si ergeva sempre più alta. Non riusciva a distinguere le teste delle persone tra quella schiuma, il movimento continuo del mare glielo impediva. Spruzzi leggeri lo colpivano sul viso, e gli facevano socchiudere le palpebre, il vociare correva lontano e la musica continuava con il suo ritmo incalzante, forse era il caso di potersi rilassare, sicuramente doveva essersi sbagliato, non aveva visto più nulla e avrebbe fatto meglio ad alzarsi e raggiungere il bar, per prendere qualcosa di fresco, e mangiare qualcosa. A quell'ora la fame cominciava a farsi sentire. Prese il suo zaino, e si alzò, tirò l'asciugamano per togliere la sabbia fine, e piegarlo, e si girò per dare un'ultima occhiata all'oceano. Spalancò gli occhi e non ebbe dubbi. Il suo cuore cominciò a battere più forte, una pinna scura procedeva spedita in direzione della riva, era piuttosto lontana, ma veloce, e non ci avrebbe messo molto a raggiungere i bagnanti, ma possibile che nessuno dava l'allarme? Si girò intorno con i nervi a fior di pelle, e vide che la vedetta era intenta a parlare al telefono, doveva fare presto, non c'era tempo da perdere, ma era lontana diverse centinaia di metri, avrebbe potuto non farcela...accidenti, la vita gli stava davvero giocando un brutto scherzo! Un gruppetto di bambini si dirigevano spediti verso la riva, con una palla e un piccolo cagnolino che li rincorreva abbaiando. Una goccia di sudore gli scese sulla fronte, non si era mai trovato in una situazione del genere, e doveva dare fondo a tutto il suo sangue freddo per calcolare come sarebbe stato meglio muoversi. Quelle frazioni di secondo avevano il sapore di un'eternità, forse in quel momento la vita di qualche persona era nelle sue mani, e non c'era tempo da perdere, doveva muoversi alla svelta, se voleva salvare qualcuno. Non se ne era quasi reso conto, ma già stava correndo verso la riva gridando come un ossesso, con la speranza che il rumore del vento e del mare non coprisse la sua voce, e non sapeva se ci sarebbe riuscito, perché nessuno fino a quel momento sembrava accorgersi della sua presenza. E intanto la pinna era sempre più vicina, e sempre più pericolosa...ormai era quasi giunto alla riva e le sue grida sempre più incalzanti.

L'istinto è qualcosa di primordiale che abbiamo in comune con gli animali, viene prima del nostro raziocinio, e difficilmente si sbaglia. E' quello che ci fa fiutare il pericolo, come il lupo che rizza il pelo, perché capisce che qualcosa sta per accadere, anche se non sa esattamente cosa, ma ha fiutato il pericolo, ancora prima che sia accaduto qualcosa. E in quel momento tutti i suoi sensi sono al massimo della loro efficienza. Gli servono per difendersi, per proteggersi dai pericoli, ed è pronto per agire.

In quello stesso istante in cui Luca si era proiettato verso la riva, un papà si era girato indietro verso di lui, e aveva afferrato il pericolo, come se fosse una proiezione di particelle che lo avevano investito in pieno. E a sua volta si era tuffato in mare, nuotando veloce verso il suo ignaro bambino che giocava tra le onde. Un capannello di persone si era assiepato sul bagnasciuga, con Luca che col fiato grosso per la corsa non riusciva più a parlare. Un applauso investì lui e il giovane papà, che allo stremo delle forze, tornava a riva con il proprio figlioletto sano e salvo, e guardava con gli occhi lucidi, quell'uomo che non avrebbe dimenticato mai più, voleva imprimerselo nella sua mente, quel viso che ora ringraziava con tutto sé stesso.

La vita ti riserva sorprese anche quando meno te lo aspetti, e ti mette alla prova, per ricordarti che non puoi mai abbassare la guardia, che anche quando pensi di non avere nulla da temere, devi essere all'altezza della situazione. L'universo ti manda un segnale, e tu devi essere bravo a saperlo cogliere, a non farti prendere alla sprovvista. Luca questo lo sapeva bene, il suo lavoro lo aveva da tempo abituato a saper intuire questi segnali, e a scegliere come agire in una manciata di minuti.

Ma qualcosa del genere, fino a quel momento non gli era mai capitata! Un leggero tremore aveva preso le sue labbra, e si rese conto che l'emozione era stata forte, aveva bisogno ora di andare al bar e rifocillarsi. Abbracciò quell'uomo che non finiva più di ringraziarlo, recuperò lo zaino che poco prima aveva gettato per terra, e si diresse al locale che vedeva un po' più distante, sul lato destro della spiaggia. Un bel fresco lo avvolse, all'ombra del patio, camminò sulle assi doppie di legno scuro, e si diresse verso una poltroncina di bambù, dove si appoggiò stanco, e chiuse gli occhi, in attesa che venisse qualcuno a prendere l'ordinazione. Un leggero torpore lo avvolse, ma la sensazione di essere osservato lo costrinse a scuotersi, giusto in tempo per vedere il volto sorridente di una giovane che lo osservava con aria canzonatoria. "Non capivo se stavi dormendo, e non sapevo cosa fare, segnor!" "Hai ragione, stavo quasi per addormentarmi, ma non prima di poter assaggiare quelle appetitose tortillas, che ho intravisto laggiù, e magari berci su un bel boccale di birra!" Rispose sorridendo. "Sono ai suoi ordini, le porterò tutto subito." Fu la veloce risposta. Era proprio quello che ci voleva, una buona pausa che gli permettesse di placare il suo animo, e mettere ordine tra le sue idee. Quella mattinata movimentata lo aveva un po' scombussolato, e quel pane caldo, con il formaggio sciolto, lo restituì al mondo, e il resto lo fece il boccale che svuotò rapidamente. Ora si sentiva davvero molto meglio, aveva riacquistato tutto il suo buon umore, e la vista del sole che cominciava a calare sull'acqua contribuì a fargli apprezzare quel momento magico.

Rimase ancora un po' in quella posizione, assaporando il gradevole gusto del sigaro che riempiva la sua bocca, e quando ebbe finito, si diresse dentro al piccolo locale. Una bella fila di dolci al caramello e al cioccolato erano posti in bella vista, ed erano una grossa tentazione. Decise di sceglierne un po', e portarli quella sera a casa di Lorenzo, non gli piaceva di arrivare a mani vuote. Prese il pacchetto che gli era stato confezionato, pagò il conto, e si avviò verso l'albergo, avrebbe fatto una doccia e si sarebbe riposato, era curioso di andare da quell'uomo, vedere la sua casa, e fare una chiacchierata con lui.

Capitolo 11

La parlantina spagnola con la sua andatura cantilenante, lo avvolse, come una dolce nenia che accompagna i nostri pensieri. Giusto in tempo per rendersi conto che era pomeriggio inoltrato, e giù in strada le persone avevano cominciato a passeggiare, godendo del fresco del tramonto.

Aprì gli occhi, e si stiracchiò, doveva vestirsi e avviarsi, la casa di Lorenzo era un po' distante da lì, e aveva bisogno della macchina per raggiungerla. Infilò la leggera camicia di lino bianca, e i pantaloni color cachi, si guardò velocemente allo specchio, prese il pacchetto di dolci, le chiavi dell'automobile, e scese giù nella hall. La strada per raggiungere la villa di Lorenzo costeggiava il mare, e la macchina correva veloce lungo la carreggiata. Il disco del sole, ormai di un intenso oro antico, si immergeva lentamente nel mare. Anche la sabbia era una sottile polvere di ambra che avvolgeva leggera l'aria. Uno stormo di uccelli volava veloce nella baia e salutava il giorno che cedeva il posto alla sera. Un'ombra grigia allungava il suo manto leggero sopra ogni cosa, e le case che comparivano lungo la strada offrivano agli occhi dei chiaroscuri sempre più profondi. Questo è il momento in cui il nostro cervello cambia modalità. Dalla frenetica attività che lo ha accompagnato durante tutta la giornata, volge lo sguardo al riposo. Luca stava seguendo le indicazioni di Lorenzo e percorreva l'Avenida General Gregorio Luperon, la lunga strada che conduceva alla Playa Dorada, dove si trovava la villa, un cottage nei pressi del Golf Club, una delle passioni che aveva il suo amico, e che coltivava con piacere nei suoi soggiorni nell'isola. Aveva davvero ragione! Quel posto era un piccolo paradiso, e chi andava via da lì, aveva nel cuore di ritornarci. Sulla sua sinistra la vegetazione fitta nascondeva le abitazioni da occhi indiscreti, e dopo aver superato l'Avenida Luis Ginebra si trovò in un fitto reticolo di strade e case. Da lì si diresse sulla strada principale, verso Plaza El

Doral, e seguendo le indicazioni, sarebbe arrivato a destinazione. L'Avenida Manolo Tavarez Justo era completamente circondata da fitti alberi, e nascondeva alla vista il litorale, che però non doveva essere distante. Se lo trovò praticamente difronte, quando si diresse a sinistra, lungo la Calle Principal playa dorada. Alla sua destra c'erano le lunghe distese dei prati del Golf Club, e poco distanti i resort, che ospitavano i turisti. Il cottage di Lorenzo si trovava un po' più in fondo verso la baia, in un punto tranquillo, lontano dalla folla.

Luca non si aspettava di vedere una vera e propria casa coloniale. La palazzina a due piani aveva ampie vetrate, e il tetto spiovente, e dei rigogliosi rampicanti si inerpicavano lungo le mura bianchissime.

Due aiuole, erano divise da una stradina di ciottoli, e in fondo si innalzavano due colonne di ferro battuto che ospitavano un fresco patio, ricoperto da una tettoia. Sulla destra un'ampia finestra aperta lasciava intravedere gli interni moderni, e una coppia di divani color panna.

Parcheggiò la macchina ed entrò nel portone socchiuso. "Benvenuto nel mio piccolo regno!" Lorenzo lo accolse con il suo largo sorriso, i capelli ancora umidi, e il viso abbronzato dal sole. "Complimenti, qui è davvero un bel posto, e la tua casa è notevole." Una governante lo accolse sorridendo, e prese dalle sue mani il pacco di dolci che aveva portato con sé. "Se ti fa piacere prima di mangiare ti faccio fare un giro, prima che arrivi l'oscurità, così puoi dare un'occhiata agli esterni della villa, quello è il pezzo forte." Attraversarono il salone arredato con mobili scuri, che contrastavano con il pavimento di marmo color crema, e il bianco degli alti tendaggi. Grosse piante erano sparse un po' ovunque, e una intera parete attrezzata a libreria ospitava una nicchia dove alloggiava un grande televisore ultramoderno. Si diressero sulla sinistra della casa, e uscirono fuori su un'ampia veranda. Dei grossi listoni di legno scuro facevano risaltare ancora di più la piscina che si trovava difronte a loro, a due passi dalla sabbia dorata, e dal mare che a quell'ora di sera era di un blu profondo. E delle comode poltrone di bambù erano rischiarate da una lunga fila di fiaccole accese. Luca respirò con piacere quella atmosfera rilassante, e si sedettero entrambi con lo sguardo rivolto all'orizzonte. La governante arrivò con un vassoio di legno chiaro, e porse due cocktail, mentre Lorenzo cominciava a chiedere all'amico cosa aveva fatto da quando era arrivato lì, nella Repubblica Dominicana. In realtà non c'era molto da dire, perché a Santo Domingo non aveva fatto proprio il turista, e a Punta Cana era rimasto tranquillo un paio di giorni, per cominciare ad ambientarsi in quei posti che non conosceva. "Vabbè, ho capito, devo farti un po' da guida, altrimenti quando tornerai in Italia, non avrai niente da raccontare! Qui c'è molto da vedere, e sarebbe un vero peccato non approfittarne." "Hai ragione, mi sono fatto prendere da questa calma che si respira qui, molto diversa dalla mia vita di Milano, e più che stendermi al sole, non ho fatto niente di particolare, hai qualcosa da propormi?" "Se vuoi fare un'escursione davvero divertente, e hai un po' di forma fisica, ti propongo le ventisette cascate. Non lontano da qui, c'è la foresta pluviale, e le guide ti conducono su un percorso in salita, al termine del quale per scendere a valle ti devi tuffare per degli scivoli naturali tra le rocce. Qualcuno è abbastanza facile, ma ci sono anche dei punti in cui c'è una bella altezza. Se te la senti, ti guido io, l'ho fatto un numero infinito di volte, e conosco quella zona come le mie tasche. Possiamo partire domani mattina non molto tardi con l'auto e fittare lì l'attrezzatura. I caschi sono obbligatori, e se non hai scarpette di gomma, te le danno loro. "Si, con vero piacere, l'idea mi piace, e poi non sono tanto arrugginito, ho sempre fatto sport, e ultimamente appena stacco dal lavoro, vado in piscina, mi aiuta a scaricare tutte le tensioni." "Perfetto, ti farò cominciare con qualcosa di entusiasmante, e poi gli altri giorni faremo cose più tranquille. Se non hai mai giocato a golf, potrebbe essere il momento di fare una prova, il club qui non è male." A Luca piaceva quell'uomo, era entusiasta della vita, e si vedeva. Aveva anche notato delle foto della famiglia, sui mobili del salone, e probabilmente era molto legato a loro. "Hai due figli vero? Ho notato due ragazzi nelle foto esposte." "Si, e sono tutta la mia vita, insieme a mia moglie naturalmente, devo dire che sono fortunato, con il lavoro, la famiglia, e questi momenti di svago che riesco a concedermi, grazie al rapporto di assoluta fiducia che ho con mio fratello. Ma non è tutto oro quello che luccica. Gli inizi sono stati difficili, mio padre era un brav'uomo, ma gli affari non erano il suo forte. Ci ha insegnato i rudimenti, quelli che aveva ereditato dal nonno, e sapeva istruire i contadini, ma non era in grado di farsi spazio sul mercato, la competizione lo uccideva, e lo faceva soccombere. Così un po' alla volta, aveva cominciato a ridimensionarsi sempre di più, e con le spese che ci sono, abbiamo ereditato da lui anche un po' di debiti. Abbiamo dovuto lavorare sodo per diversi anni, senza un attimo di tregua, senza mai fare una vacanza, e assaporando la fatica fianco a fianco con i lavoranti. Mia moglie ci ha aiutati con un buon lavoro di marketing, e di pubblicità, e un po' alla volta abbiamo conquistato spazi sempre più ampi di mercato. Ho investito tutto nella terra, ma con il tempo ha dato i sui frutti, e mi ha ricompensato di tutta la fatica spesa. Se vuoi arrivare non c'è scelta, devi fare il tuo lavoro con costanza e passione, e attendere con fiducia i risultati. Ho imparato che la fretta è una cattiva consigliera e, se vuoi arrivare lontano, devi costruire in maniera solida il tuo presente." Luca lo ascoltava con piacere, anche lui aveva impiegato un bel po' di tempo per farsi valere, in un ambiente a volte un po' ostile, dove se sei un signor nessuno ti guardano con diffidenza. E soprattutto dove non si finisce mai di conoscere ed imparare. "Essere appassionati nel proprio lavoro, e avere la giusta competenza, è essenziale per andare avanti, hai ragione, anche io ho faticato abbastanza, un po' alla volta ce l'ho fatta, ma continuo ad approfondire e studiare, i clienti diventano sempre più esigenti, e devo saper

dare le giuste risposte. Vedo che il tuo arredamento è moderno, molto bello davvero, ma magari un bel quadro contemporaneo non guasterebbe." "Va bene, magari quando sarò in Italia ti verrò a trovare, mi fa piacere conoscere nuove cose, e poi sarà un buon motivo per rivedere Milano."
Ormai il sole era tramontato, e la luna si specchiava nell'acqua della piscina e del mare creando una luce argentea che si rifletteva sulla sua superfice e si diffondeva con mille bagliori diffusi. Le fiaccole accese, regalavano caldi guizzi arancioni, e il mare faceva sentire il suo rumore in lontananza. Le scintille di luce si riflettevano negli occhi dei due amici, e a quell'ora la governante aveva provveduto ad apparecchiare il lungo tavolo di ferro battuto alle loro spalle, e dei grossi lampioni, illuminavano la bella tovaglia di lino bianco. Una coppia di vassoi di ceramica turchese era piena di pezzetti di molluschi e piccoli crostacei, e i due uomini presero posto al tavolo. La serata trascorse tranquilla, tra buon cibo annaffiato da vino prelibato, e le chiacchiere dei due, che avevano sempre argomenti di conversazione. Ad una certa ora però, Luca decise di andare via, non voleva che il sonno lo potesse cogliere su strade che non conosceva bene. Presero appuntamento per il giorno dopo, e si salutarono in maniera affabile. Il rientro al centro di Puerto Plata fu abbastanza semplice, la strada correva dritta, e non si poteva sbagliare. Luca salì in camera, si cambiò ed uscì sul terrazzo, la serata era bella, e non valeva la pena di chiudersi in camera. Si stese sulla lunga sdraio di tela azzurra, e fissò la luna, quella sera era piena, tonda come un disco color latte. Una sensazione di pace lo avvolse, come se la tensione accumulata in quei giorni cedesse il posto ad una nuova quiete. La vicenda di Luna, i suoi problemi, lo avevano coinvolto più di quanto pensasse, e quella donna era spesso nei suoi pensieri. La sua immagine si sovrapponeva a quella di Giulia, la sua compagna di sempre, che non lo abbondonava mai, e aveva la capacità di non farlo sentire solo, anche adesso che era lontano mille miglia. Ma il suo

era vero amore? Ogni tanto una vocina dentro di lui se lo chiedeva, e subito provvedeva a farla tacere. Perché non aveva mai il coraggio di affrontare quei pensieri? Il motivo lo conosceva, sapeva cosa significa rimanere delusi, scoprire che le persone che hai vicino non provano gli stessi sentimenti che tu hai nei loro confronti, e sapeva cosa significa perdere qualcuno a cui comunque vuoi bene. Aveva giurato a sé stesso, che avrebbe cercato di non far soffrire nessuno. Ma la vita come è strana, quando pensi di aver trovato finalmente la persona giusta, all'improvviso ti rendi conto che i tuoi sentimenti, per quanti sforzi tu faccia, non sono paragonabili a quelli della persona che hai accanto a te. E ti senti sconfitto, e nello stesso tempo non vuoi deludere la persona che hai vicino, e che farebbe qualsiasi cosa per te. La guardi negli occhi, e cerchi nei tuoi quella stessa luce, come quel riflesso d'argento che in quella sera, la luna offriva alla terra, e la illuminava fin nei suoi angoli più bui. "Luna... chissà ora che starà facendo, e se è riuscita ad allontanare da sé quell'uomo, avrei voluto fare qualcosa ma non me lo ha permesso." Si addormentò così, con i pensieri che scivolavano su quel mare piatto, desiderando di fare finalmente ordine nella sua vita, nei suoi affetti, ma capiva che non sarebbe stata un'impresa facile.

Capitolo 12

L'indomani si alzò di buon' ora, aveva appuntamento con Lorenzo alle otto e trenta. Un breve tragitto in macchina li avrebbe condotti al Saltos de Damajagua. Aspettò fuori l'albergo che arrivasse con la sua auto, ed era contento di fare quell'esperienza. Si salutarono e cominciarono il tragitto chiacchierando affabilmente, in una mezz'ora sarebbero arrivati a destinazione. Arrivati alle charchos, le cascate, pagarono il biglietto d'ingresso e l'attrezzatura, e cominciarono il tragitto all'interno della foresta tropicale. Non era particolarmente difficile, bisognava arrampicarsi lungo un sentiero che si inerpicava sulla montagna, un po' di trekking che chi era in forma poteva affrontare con una certa facilità.

L'aria era piacevole a quell'ora, non faceva ancora molto caldo, e riuscivano a salire agevolmente, senza sentire troppo la fatica. I rumori della foresta li avvolgevano, e con i giubbini di salvataggio e il casco obbligatorio, salivano insieme, in certi tratti in un silenzio assoluto, dosando la fatica e immergendosi in quell'atmosfera surreale, primordiale, con un contatto stretto con la natura che li circondava, in solitudine, senza andare di fretta, cercando di gustare quei momenti unici di immersione completa in un ambiente totalmente diverso da quello al quale erano abituati. Gli uccelli e gli animali selvatici facevano sentire il loro verso, anche se difficilmente si riusciva a scorgerli, e il vento leggero accarezzava le fronde più alte, le spostava e un po' alla volta si intravedeva il sole che diventava sempre più infuocato, man mano che passavano i minuti. Il cammino in salita veniva ripagato da quello spettacolo di una natura ancora acerba, inviolata, pura nei suoi colori, forme, e nella moltitudine di insetti e animali che la abitavano. La foresta tropicale scopriva la sua bellezza davanti a loro, offrendo uno scenario indimenticabile. Ma lo spettacolo che si aprì davanti agli occhi di Luca, dopo aver attraversato un lungo tunnel all'interno del canyon fu davvero impressionante. Sotto di lui un salto di più di sei metri di altezza creava una cascata d'acqua limpida, e oltre la pozza che si vedeva sul fondo, si ramificavano altri torrenti, che conducevano ad altre cascate, alcune piccole, altre sicuramente più alte. Era un arcobaleno di colori, dal verde smeraldo, all'azzurro più intenso, e ogni tanto si vedeva qualche piccolo pesce guizzare fuori dall'acqua. "E' davvero incredibile, non avevo mai visto niente del genere, sono senza parole." "E' la stessa sensazione che ho avuto io, la prima volta che sono arrivato fin quassù, ti senti fuori dal mondo, e nello stesso tempo completamente immerso, come se facessi parte anche tu di questa natura così selvaggia. Un'emozione che difficilmente si dimentica, e che mi fa piacere poter condividere con altri." "Ma non riesco a capire dove inizia il percorso, da qui mi sembra piuttosto difficile." "No, non preoccuparti, ho imparato dalle guide i punti più accessibili, quelli dove ti puoi tuffare in completa sicurezza. Seguimi, e te li mostro." Lorenzo si avviò verso un minuscolo sentiero tra le rocce, nascosto tra le foglie alte della vegetazione, e da lì mostrò a Luca la roccia piatta, una sorta di scivolo naturale dove potevano scendere tuffandosi con una certa facilità. "Se preferisci vado per primo, e poi tu non devi fare altro che seguire me, forse è meglio, così potrai sentirti più tranquillo." "Si hai ragione, se vedo te, prenderò coraggio!" E così Luca lo vide tuffarsi, e in due secondi si trovava giù, in quelle acque cristalline, ridendo di gusto. Lo seguì a ruota, senza pensarci troppo, e con l'adrenalina che sentiva salire sempre più veloce. In un attimo era di sotto, e cominciò a nuotare seguendo l'amico per lo stretto torrente che li conduceva al prossimo salto. Salirono all'asciutto su una roccia sporgente, una sorta di piccolo istmo, dalla cui punta partivano tre cascate, divise dagli scogli, e le cui acque confluivano poi in un'unica pozza trasparente. In lontananza si poteva ammirare un altro punto della cordigliera, e in fondo la distesa infinita del mare. "E' davvero incredibile, grazie per avermi condotto fin qui." Lorenzo sorrise, e gli mostrò il punto in cui potevano tuffarsi. Era piuttosto silenzioso quella mattina, contrariamente alla sera precedente, come se volesse concentrarsi in quello spettacolo della natura, senza che altro lo potesse distrarre. E così i due amici continuarono quello spettacolare percorso, quasi in silenzio, gustando attimo per attimo, quella indimenticabile mattinata nella foresta tropicale. Al termine erano stanchi, ma soddisfatti di quell'avventura e si stesero al sole, per asciugarsi, e riprendere il sentiero che li avrebbe riportati all'auto. "Adesso ti porterò a un ristorante sulla Playa Dorada, dopo tutta questa fatica, penso che la tua fame sarà notevole. Si misero in macchina, per ritornare sulla spiaggia, e raggiungere un piccolo locale, frequentato dalla gente del posto, dove si poteva gustare uno dei tipici piatti di riso e pesce, e chiacchierare lontano dalla folla dei turisti, che a quell'ora invadeva il litorale. Ci sono casi in cui conosci qualcuno da sempre, ci vivi, e non riesci a trovare argomenti di conversazione. Per quanti sforzi tu faccia, ti fermi al ciao buongiorno, tutto bene? Novità? E non riesci ad andare oltre, le parole che vorrebbero uscire, si spengono sulle tue labbra, rincorrono la monotonia vissuta ogni giorno, si affacciano per poi rimanere lì, spettatrici di una vita vissuta a metà, senza entusiasmo, con i pensieri rinchiusi nei cassetti della tua esistenza, in un dedalo di emozioni mai provate. E poi all'improvviso compare qualcuno davanti a te, che non avevi mai visto prima, ed è come una luce che si accende. Senti il sangue che scorre più veloce nelle vene, e ti fa riprovare la gioia di vivere, di fare esperienze, di provare cose che non avevi mai vissuto prima, e ritrovi il sorriso che avevi dimenticato di avere. Le parole cominciano a scorrere veloci, come un torrente che invade la sabbia arida, e le ridà vita, rinfrescando la terra arsa, e inondando tutto quello che incontra sul suo cammino. Un susseguirsi di ricordi, aneddoti, esperienze vissute e condivise con chi hai appena conosciuto, ed insieme la voglia di farsi conoscere, scoprirsi

90

un po' alla volta, per regalare qualcosa di sé, alla persona che hai difronte. Luca non aveva mai provato tutto questo. Per la prima volta si era affidato a qualcuno. Nel momento in cui si era trovato sulla roccia, e aveva guardato giù, su quel salto di sei o sette metri, aveva sentito lo sguardo protettivo dell'amico, e aveva capito di poterci credere. Si era lasciato guidare, come non aveva mai fatto in vita sua, lasciandosi carezzare da quella sensazione quasi infantile, quel bisogno che abbiamo tutti di sentirci protetti. Fin da piccolo si era abituato a vivere in solitudine, e inconsapevolmente pensava che quella fosse la normalità. Era solo a fronteggiare la scuola, gli studi universitari. E da solo aveva intrapreso un lavoro, cercando di sfondare a tutti i costi, e ritrovandosi lui, a dover essere da guida per gli altri. Non ricordava la protezione negli occhi di suo padre, e da solo aveva cercato di avere la sua approvazione, sentendosi costantemente giudicato. Eppure gli sembrava tutto normale, fino a quel momento...ora riusciva a vedere le cose in una prospettiva diversa. Era abituato ad essere diffidente, ad analizzare tutto, prima di fare qualcosa, e invece quella mattina non ci aveva pensato un attimo, e si era sentito davvero bene. "Hai ritrovato la parola, stamattina eri piuttosto silenzioso, però lo capisco, la natura ti fa riflettere, ti fa un po' guardare dentro te stesso, e scopri cose di te, che forse non conoscevi nemmeno." "Si, è così, quando sono qui penso alla mia vita, alla famiglia, agli affetti, e tutto mi appare più chiaro, e ritrovo la forza che avevo speso nella mia vita di sempre, e questa energia la porto a casa, in Italia, e mi seve per cercare di fare bene il mio lavoro, e di dare qualcosa in più ai miei cari. Forse tutti avremmo bisogno di un angolo di paradiso come questo, per potersi ricaricare. Sotto questo punto di vista, mi sento un privilegiato. Eppure non ho ancora capito, perché tu sei qui." Luca si sentì spiazzato da queste parole, erano arrivati ad aprirsi in così poco tempo, erano appena un paio di giorni che si conoscevano, ed ebbe un attimo di esitazione. Quello che aveva dentro, era qualcosa di troppo

91

grosso, per poterlo condividere con tanta facilità. La sua esperienza non gli permetteva di andare oltre, non fino a quel punto. E così decise di dire una mezza verità, di non scoprirsi completamente. "Sono qui, perché cerco un uomo, un certo Manuel Gonzalo. Mi è stato segnalato da un amico, che doveva consegnargli delle cose di sua proprietà, e ha approfittato di me, che venivo qui per fare una vacanza, per potergliele dare. Avevo bisogno di staccare un po' dal lavoro. Penso che mi puoi capire!" Lorenzo lo guardò, e decise di prendere per buona quella risposta, anche se non lo convinceva molto, ma tutto sommato non erano affari suoi, e non poteva pretendere di sapere troppo della persona che aveva difronte. "Sai cosa fa quest'uomo?" "Si certo, vende gioielli artigianali, con pietre naturali, e dicono che sia anche piuttosto bravo." "Allora forse ti posso aiutare. Non lontano da qui, in direzione sud, poco dopo la mia villa, c'è una fabbrica di gioielli di ambra, il proprietario è un mio amico. Vado spesso da lui, quando sono qui, per comprare qualcosa a mia moglie, e suo padre conosce praticamente tutti, mi ha raccontato varie vicende legate a quest'isola. Se vuoi possiamo andarci." "Si davvero mi farebbe piacere, potrebbe aiutarmi nella ricerca." "Ok, andiamoci domani mattina, ora penso che sarai piuttosto stanco, la giornata è stata impegnativa!" E così si misero in macchina, e Lorenzo accompagnò Luca in albergo, facendo appuntamento per il giorno dopo.

La serata era bella, e sul terrazzo della sua camera, fissava la luna. Un disco bianco latte, che gli sorrideva da lassù, e gli faceva compagnia. Come una mamma che abbraccia il proprio figlio, e lo riscalda con il calore della sua pelle, e lo fa sentire a casa, senza timori, e senza paura. Quella luce si rifletteva sull'acqua del mare, e creava mille scintille nella notte buia, e invitava a pensare, riflettere in quel silenzio profondo, rotto ogni tanto solo dal volo di qualche uccello solitario. Come un invito a farsi presente, a palesare qualcosa di sé, nascosto nelle pieghe della propria mente, e riluttante a farsi conoscere, a venire fuori, quasi per paura di trovarsi difronte a verità nascoste, che non fa piacere guardare da vicino. E i mille pensieri, si accavallavano nella sua mente, quasi fossero mille colori, che lui osservava come in un immaginario caleidoscopio. E avvertiva quel calore, che gli donava la pace, e quell'odore di mare, come un bimbo che sente il profumo della propria mamma, e si acquieta, e può finalmente dormire, senza che nulla lo possa turbare. Luca guardava il mare, e quella luna lassù, e si chiedeva cosa gli avrebbe riservato il futuro, e l'indomani, a colloquio con quell'uomo di cui gli aveva parlato Lorenzo, e non riusciva ad immaginare nulla, preso dal ricordo della sua vita a Milano, che in quel momento gli sembrava così lontana. Decise di chiamare Giulia. Lì era notte fonda ormai, ed era l'orario giusto. A quell'ora lei si stava preparando per uscire di casa, e andare al lavoro. "Ciao, come stai?" "Ciao Luca, è un po' che non ti facevi sentire, come vanno le cose laggiù?" "Qui bene, ho conosciuto un italiano, abita nel Lazio, abbiamo stretto amicizia, e mi ha invitato a casa sua, ogni tanto trascorre un po' di tempo qui, per staccare dal lavoro, e cambiare aria. Serve per ritemprarsi." "Non è che stai pensando di fare la stessa cosa?" Disse lei in tono canzonatorio. Ma quella frase lo turbò, sentiva crescere la sua inquietudine. "No, stai tranquilla, sono troppo legato ai miei affari, alla galleria, e alla mia vita di sempre, avevo solo bisogno di una pausa, tutto qui. Ma tu che mi racconti, come vanno le cose lì?" "E' tutto sotto controllo, Valter è davvero bravo, è riuscito ad invitare un mucchio di gente, e in questi giorni in galleria, c'è stato un notevole viavai di persone. Ho parlato con i nostri abituali clienti di Milano, e sono tutti molto interessati. Dopo ti invio la mail con i nominativi. Ma c'è anche qualcuno che è arrivato da fuori regione, e ha approfittato dell'asta per farsi un fine settimana qui, giusto per staccare un po' dal lavoro. Ho provveduto anche per trovare loro una sistemazione in albergo. Abbiamo fatto bene a trovare le convenzioni, sono un incentivo per far arrivare

93

gente." "E' tutto perfetto quindi, non avevo dubbi, ma tu come stai...?" Attimi di silenzio seguirono quella domanda. Come quando si è in cerca della risposta giusta da dare, perché forse la verità è un'altra, ma c'è la necessità di volerla celare. "Cosa vuoi che ti dica, sono pienamente efficiente, come sempre. Tu sai di poterti fidare di me, anche quando non ci sei. Il mio senso del dovere me lo impone, e anche la riconoscenza verso di te, che mi hai dato un incarico di grande responsabilità, senza pensarci su. Ma è tutto il resto che mi manca...la vita sembra passarmi accanto, mentre lavoro, quando mi sveglio la mattina ed esco di casa. Quando arrivo in ufficio, e prendo il mio solito caffè. Quando comincio con le pratiche, con la precisione che mi contraddistingue. Ma è questa la vita? O è tutt'altro? Dove sono le emozioni, il piacere di fare le cose, lo scambio di sguardi, di intese, di sensazioni che ti fanno sentire viva. Ecco questo è il punto. Mi sembra di spegnermi un po' alla volta. Come se non avessi più gli stimoli che avevo prima, la gioia di raggiungere dei traguardi. Ed è inutile che ci giri intorno. Tutto questo eri tu che me lo offrivi, e ora non c'è più. E non perché tu sia ai Caraibi, non è questo il problema. Sei tu ad essere lontano da me. E non cercare di contraddirmi, non mi convinci. Se vuoi possiamo non parlarne più ora, non serve, magari quando tornerai qui, potremo affrontare questo discorso. Ora continuiamo a sentirci, senza farci troppe domande. Come due buoni amici che si danno notizie da lontano. E' meglio così, mi fa stare più tranquilla. Non mi serve altro in questo momento."

Luca avvertì nettamente quella brutta sensazione. Lei si stava allontanando, e lui non poteva farci niente, si sentiva impotente, e le stava facendo del male, anche se non voleva. Avrebbe voluto gridare che non era così, che la amava, che sarebbe tornato subito a casa. Ma sarebbero state bugie dette ad una persona a cui voleva bene. Avrebbe voluto con tutto il suo essere che le cose fossero andate diversamente fra loro. Ma vigliaccamente non sapeva che farci, e non riusciva a dire nulla, forse perché qualsiasi cosa, in quel momento, sarebbe stato sbagliato. Aveva ragione, ma come faceva male, ammetterlo. Tutto il suo essere si ribellava a quelle parole, ma la sua mente no. Erano entrambi troppo razionali per non accorgersi, che qualcosa stava cambiando. E troppo onesti, per poter dire il contrario. Ammirava Giulia con tutto sé stesso. Era forse la migliore donna che avesse mai conosciuto, e aveva scambiato tutto questo per amore. Solo lì, ai Caraibi, aveva finalmente guardato in faccia la realtà. E quella luna, lassù, lo faceva sentire nudo, difronte ai propri pensieri. "Si forse hai ragione, magari è meglio che ora non ci pensiamo. Affronteremo questi argomenti quando tornerò a casa. E poi chissà, forse siamo noi che stiamo cambiando, che non siamo più quelli di prima. Perlomeno io mi sento diverso. Non sono lo stesso Luca che è partito. E' come se questo viaggio mi avesse aperto la mente. E mi avesse fatto vedere cose che prima non riuscivo nemmeno a scorgere. Scusami, lo so che il problema sono io. Ma in questo momento non riesco a trovare una soluzione. Sono il primo ad essere confuso. Forse non so cosa fare davvero della mia vita. E me ne sto accorgendo solo ora. Ma ti voglio bene, e te ne vorrò sempre, e proprio per questo sarò sempre sincero con te." "Buona notte Luca, ci sentiamo in questi giorni." La voce di Giulia era incrinata, come un bicchiere di cristallo che è urtato accidentalmente contro un ostacolo e sta per infrangersi. Ma rimane intatto, salvo per una sottile linea che lo attraversa, e lo fa rimanere miracolosamente in piedi. Perché non lo ha attraversato del tutto. E la sua base rimane ancora solida, ancorata al tavolo, nel disperato tentativo di non infrangersi in mille pezzi. E nel desiderio di rimanere quello di sempre, anche se dentro è inesorabilmente spaccato. È quello che succede a tutti noi. Quando vogliamo a tutti costi rimanere in piedi, anche se vorremmo crollare impietosamente. Ma c'è una voce dentro di noi che ce lo impedisce. Per educazione, per carattere, o forse per il

95

desiderio di celare agli sguardi indiscreti i nostri reali sentimenti. La vita continua, va avanti, e noi con essa, e quando cadiamo la nostra volontà ci impone di rialzarci. Soprattutto quando quella volontà è ben allenata a non cadere tanto facilmente. "Buona notte Giulia, ti chiamerò al più presto."

Capitolo 13

L'indomani Luca si svegliò con la bocca impastata. Si era addormentato molto tardi, ed era rimasto lì, a fissare la luna in silenzio, con una pietra sullo stomaco, e gli occhi spalancati, che non riuscivano a chiudersi, in quel silenzio sempre più profondo. Poi finalmente la stanchezza aveva vinto, e le palpebre diventate all'improvviso pesanti, gli avevano concesso quelle poche ore di sonno. Ma adesso doveva scuotersi, fare quello per cui era partito, e tenere da parte tutti i suoi dubbi, e i propri pensieri. L'acqua tiepida della doccia, lo fece ritornare in vita. Un leggero senso di benessere gli assicurò un po' di conforto. E il contatto con la leggera camicia di lino contribuì a far il resto, riportandolo alla realtà. Scese giù nella hall, per colazione, e salutò la ragazza che gli offriva sempre larghi sorrisi. Con lo stomaco rifocillato da un buon thè, e una deliziosa fetta di crostata alla frutta, si avviò all'auto, che era parcheggiata proprio fuori l'albergo. Un leggero vento che proveniva dal mare lo avvolse, e i raggi del sole gli restituirono un po' di buon umore. Quell'aria di vacanza era davvero piacevole, e contribuiva a fargli accantonare i tristi pensieri della sera precedente. Ma Giulia era importante per lui, e per nessuna ragione al mondo le avrebbe mentito. Era perfettamente consapevole di non amarla, e questo era ciò che lo feriva di più, ma avrebbe fatto del tutto per dimostrarle il suo affetto. La cosa era complicata, ma sperava che il tempo avrebbe contribuito a sanare le ferite.
Mise in moto l'auto e prese la strada che lo avrebbe condotto verso la villa di Lorenzo. Ormai la conosceva bene, ed era abbastanza semplice. C'era un po' di traffico, era fine settimana, e la gente si dirigeva sulle spiagge dorate, che affiancavano l'avenida. Il vento che si era alzato, era un buon incentivo per i surfisti. E gruppetti di giovani si dirigevano verso la battigia. Una bella nuotata li avrebbe portati al largo, e già alcuni di loro, cavalcavano le alte onde.

Lo spettacolo dell'oceano era superbo, e quella costa sembrava infinita, sotto il sole alto nel cielo terso. Una piacevole sensazione di libertà avvolgeva tutti, ed era offerto da quella natura selvaggia e incontaminata, che offriva loro le proprie bellezze. Svoltò a sinistra in direzione della villa di Lorenzo, e costeggiò il Golf Club. Una fila di macchine ordinate, era in attesa di poter entrare, e aldilà del cancello, si intravedeva la distesa del prato verde, e due piccole auto elettriche che scortavano gli ospiti. Svoltò ancora a sinistra, e prese lo stretto viale che conduceva al cancello del cottage. Lo oltrepassò, e parcheggiò proprio di fronte all'ingresso, e si incamminò a piedi, sui ciottoli bianchi, e superate le due grandi aiuole, si trovò davanti all'alto portone. Suonò il campanello, e gli venne ad aprire il dominicano che viveva lì, e si occupava di tutto. Fu seguito a ruota da Lorenzo, che era già pronto, e salutò Luca con la sua consueta allegria. "Qui i giorni passano, e mi sa che tra poco dovrò ritornare in Italia ai miei campi, ed alla mia famiglia. Stamattina ho sentito mio figlio, e mi succede sempre così. Sono felice di partire, e di venire qui, ma poi quando sento loro, la nostalgia mi prende, e la voglia di rivederli. Decisamente, non riesco a stare fermo in un posto per troppo tempo. E' la mia condanna!" Luca rise, e gli strinse la mano. "Allora ho fatto giusto in tempo a conoscerti, se fosse trascorso ancora qualche giorno, non avrei avuto questo piacere." I due si incamminarono fuori casa, ed entrarono in macchina. "Adesso devi guidarmi tu, perché non so che direzione prendere." "Ok dobbiamo dirigerci verso Villa Montellano, una piccola cittadina un po' più a sud. Non sono molte lì le belle costruzioni. Potrai vedere vecchie case, e bambini poveri che corrono sempre dietro ai turisti, in cerca di qualche spicciolo. Qualcuno ha comprato delle catapecchie, per pochi soldi, e poi ha costruito ville, qui la manodopera è a buon prezzo. E molti sfruttano la povertà di questi luoghi. Il litorale è bello, con chilometri di spiaggia, e all'interno ci sono piccole fabbriche di ambra, tabacco, e frutta secca. Questo mio amico ha costruito una villa a poche centinaia di metri dalla spiaggia, e vi ha trasferito tutta la sua famiglia. La moglie ha un negozio di rivendita, proprio al centro di San Felipe. Ieri l'ho chiamato, e gli ho detto che saremmo arrivati in mattinata. E' un po' che non ci incontriamo, ma siamo rimasti sempre in buoni rapporti. Ho sempre comprato parecchie cose da lui, e perciò sono benvoluto! Dopo una mezz'ora arrivarono a destinazione. La villa era stata tinteggiata da poco, e due grossi cani correvano sulla ghiaia. Scesero dalla macchina, e si dressero verso l'ingresso, dove c'era un domestico che era intento a lavare le grosse doghe di legno scuro del pavimento del patio. "Salve sono Lorenzo, puoi dire a Sebastian che sono arrivato?" "Certo segnor, agli ordini." Luca era veramente curioso di sapere come sarebbe andata quella mattinata, e se avrebbe scoperto qualcosa riguardo a Manuel, perché altrimenti sarebbe stato veramente difficile, venire a capo di quella situazione. Era come trovare un ago in un pagliaio. "Alè, come stai? Qual buon vento ti porta? Lo sai che mi fa sempre piacere vederti." Un dominicano di media altezza e piuttosto in carne, li accolse con una sgargiante camicia a fiori, e con in mano un bicchiere di rhum. "Venite dentro, vi offrirò con piacere qualcosa da bere."

La casa era grande, e i mobili erano in stile coloniale. Un divano dai colori vistosi troneggiava giusto a centro della sala, e due bambini correvano rincorrendosi per la scala che conduceva al piano superiore. "Cercate di stare un po' fermi, non fatemi fare brutte figure...Si mise le mani nei capelli, visibilmente spazientito. "Dovete scusarmi, ma non riesco a tenerli a freno, e poi mia moglie la mattina va sempre in negozio, e sono più io che rimango a casa, in genere dopo pranzo vado in fabbrica per controllare le cose come vanno." "Caro Sebastian, tu hai cose meravigliose, i più bei gioielli in ambra li ho sempre visti da te. E ne ho comprati tanti, sempre con grande soddisfazione. Ma stavolta non sono qui per questo. Vado subito al punto, per non farti perdere tempo. Ho il piacere di presentarti questo mio nuovo amico, Luca, e lui è venuto in quest'isola anche per trovare un uomo. Un certo Manuel Gonzalo, un venditore di gioielli. Vorrei sapere se per caso lo conosci." Sebastian aveva seguito tutto quel discorso con attenzione. "No, non lo conosco, ma l'ho sentito nominare, so che era conosciuto per le sue creazioni, pare che fosse davvero bravo, ma non so se è ancora in commercio. Però possiamo chiedere a mio padre. Lui sa tutto di quest'isola. Aspettatemi qui, lo vado a chiamare. A quest'ora sarà in giardino. La sua più grande occupazione ora sono le piante, da quando non lavora più." Lorenzo e Luca si guardarono in quell'attesa. Non era semplice per il giovane antiquario rimanere impassibile, forse era ad un soffio per venire a capo di quella storia, o forse avrebbe dovuto dimenticarsela per sempre. E nello stesso tempo, non voleva far trapelare le sue emozioni. Non poteva aprirsi completamente, se quell'uomo avesse avuto notizie di quel quadro, era un colpo grosso, il suo valore era notevole. L'ultima asta per un dipinto di Gauguin, aveva raggiunto i dieci milioni di dollari.

C'era una tensione nell'aria, anche se i due cercavano di rimanere tranquilli. E soprattutto Lorenzo si rendeva conto di non poter fare domande, anche se la sua curiosità era tanta. Cosa era venuto a fare lì Luca veramente? E perché cercava quell'uomo? Cosa lo legava a lui? Non sapeva darsi una risposta, e quella che lui gli aveva fornito era troppo generica.

Dopo un po' arrivò Sebastian con il padre. Era un ometto anziano, ma molto in forma. Gli occhi piccoli e curiosi, guardarono i due sconosciuti con aria indagatrice. Capitava raramente che dei turisti si spingessero lì, e soprattutto che lui potesse essergli utile. Guardò i due forestieri con aria interrogativa, dopo essersi presentato. "In cosa posso esservi utile? E' un bel po' che non mi muovo da qui, e non so che tipo di notizie potrei darvi." "Vede", disse Luca non sapendo da dove cominciare, ma cercando di apparire il più possibile sciolto, e di formulare le sue domande con noncuranza. "C'è un mio amico che mi ha dato un oggetto da dare ad un certo Manuel Gonzalo, dal momento che aveva saputo che mi recavo qui per un viaggio di piacere. Ma capirà, non mi ha fornito indicazioni, perché è da tempo che non riceve notizie di questo signore. Per cui mi ha chiesto di informarmi, e se fossi riuscito a contattarlo, gli avrei fatto questo piacere. Anche se si rendeva conto anche lui, che la cosa non sarebbe stata semplice." Tutti ascoltarono con attenzione le sue parole, e la risposta del padre di Sebastian, non tardò ad arrivare. "Certo che lo conosco. Molti anni fa, era famoso sulla Playa Dorada. Le sue creazioni, erano davvero belle. Aveva estro e fantasia, e anche una certa bravura nel realizzare i gioielli. Allora erano pochi che riuscivano a fare degli incastri perfetti per le pietre, come faceva lui. E quando guardava una pietra, già sapeva come doveva essere il gioiello. E le sue realizzazioni non erano mai scontate, banali. La sua clientela era facoltosa, ed esigente. Ma lui riusciva ad accontentare tutti. Poi all'improvviso sparì, e nessuno ebbe più notizie di lui. Circolava una voce che avesse avuto dei contrasti con la figlia, ma onestamente non ne so molto. So solo che più di tre anni fa, mi arrivò notizia che aveva preso alloggio non lontano da qui, in un piccolo villaggio di pescatori più a sud, verso la punta dell'isola. Devi oltrepassare la baia di Samanà, Non ti puoi sbagliare, prima di raggiungere Cayo Levantado, la spiaggia che sta più a sud del porto, c'è un piccolo villaggio di case, a ridosso della foresta di mangrovie. E' lì, che mi hanno detto che si è rifugiato Manuel, ma questa notizia è un po' vecchia, come avrai capito. Non so se nel frattempo potrebbe essersi spostato da lì. In ogni caso, se non hai altre notizie, conviene andarci. Potresti essere fortunato, e trovarlo ancora lì. Noi dominicani siamo pigri, e quando ci troviamo bene in un posto, difficilmente ci viene in mente di cambiare." Luca non poteva credere alle sue orecchie, forse era vicino al raggiungimento del suo obiettivo. Si sentiva confuso, e contento allo stesso tempo, non sapeva cosa dire.

Difficilmente si era trovato in una situazione che lo portava a dover mentire, e quella cosa gli dava fastidio, gli procurava imbarazzo. Ma non doveva lasciar trapelare i suoi sentimenti. Non ora che si sentiva vicino al traguardo. Tirò un profondo respiro, e cercò di riacquistare una certa padronanza. Gli occhi gli brillavano, e con tranquillità ringraziò di cuore quell'ometto che lo aveva condotto su una buona pista, e Sebastian, per la loro disponibilità. Poi aspettò che anche Lorenzo dicesse qualcosa. "Allora la nostra venuta è stata proficua, mi fa piacere. Caro Sebastian la vostra ospitalità è sempre magnifica, e per me, è sempre un piacere rivedervi. Quando vengo qui, mi sento un po' di casa, dopo tutti questi anni. Ma ora è arrivato il momento di andare via, è stato un piacere stare con voi." Sebastian fece un largo sorriso, e gli uomini si lasciarono con la promessa di rivedersi, quando sarebbe stato possibile. Era quasi ora di pranzo, e Lorenzo non voleva approfittare troppo dell'ospitalità di quelle persone. "Sai Lorenzo, ti devo ringraziare, mi sento in debito con te. In questi giorni mi hai fatto vivere molte cose di quest'isola. Eppure tu mi conosci appena. Non tutti avrebbero fatto lo stesso. Non so come sdebitarmi, anche se il mio invito a Milano è sempre valido. Sarà un piacere per me, ospitarti." "Verrò con piacere, magari troveremo il modo di organizzarci, e ci ricorderemo di questi giorni. Ora ritorniamo verso casa, devo occuparmi di certe cose da fare lì, prima del mio rientro in Italia. Penso che tra un paio di giorni, prenderò il volo."

Il viaggio di ritorno fu piuttosto silenzioso. Entrambi erano pensierosi, e nello stesso tempo avvertivano un certo disagio dato da ciò che ognuno di loro serbava nella propria mente, e non poteva comunicare con la consueta facilità, con cui negli ultimi giorni si erano abituati. Luca pensava alla gita alle cascate, e alla familiarità che si era creata tra loro. Quel giorno Lorenzo era stato per lui il fratello che non aveva mai avuto. Quello a cui confidare i propri sentimenti, la debolezza che raramente era riuscito a comunicare agli altri. Perché negli anni aveva sempre avuto timore di rivelarsi come realmente era. E ora qualcosa si era infranto. Quella bugia li aveva allontanati, resi di nuovo due conoscenti, due estranei che si erano incontrati lì, per caso, in quella terra lontana. Non avrebbe voluto che succedesse tutto questo. E allo stesso tempo non sapeva mentire con tanta facilità. L'esitazione che aveva avuto nel fornire all'amico la spiegazione delle sue ricerche, non lasciava dubbi. E Lorenzo era fin troppo in gamba per non rendersene conto. E fin troppo onesto per poter fare altre domande. Si erano capiti senza parlare. E senza parlare ora lui lo stava lasciando andare. Respirò a lungo, e profondamente. Aveva già provato altre volte quella sensazione. Con enorme tristezza pensò che forse era il suo destino. Ogni volta che si legava a qualcuno, e provava verso quella persona un sentimento forte, vero, profondo, era costretto suo malgrado ad allontanarsi. Sembrava la sua condanna, apparire agli occhi degli altri forte e indipendente, e non riuscire mai ad avere qualcuno accanto a sé in maniera stabile, definitiva. Di colpo pensò a Luna, a quei momenti trascorsi in sua compagnia, il suo sorriso dolce, il suo viso franco, sincero, e allo stesso tempo alla forza che emanava dalla sua persona. Quella determinatezza nel suo sguardo, che era frutto di sofferenze, e di un bisogno disperato di qualcuno che si prendesse cura di lei. E al tempo stesso la fierezza di non voler chiedere niente a nessuno. Come avrebbe voluto starle accanto, ma era stato necessariamente costretto ad andarsene. E ora era lì, in macchina con quello che considerava un grande amico, e anche questa volta, non sapeva cosa fare, perché la vita gli riservava anche questa volta poca scelta. Doveva necessariamente portare a termine il progetto che aveva in mente, poi, se ne avesse avuto la possibilità, avrebbe cercato in tutti i modi, di ricostruire i pezzi di quel puzzle, che diventava sempre più complicato.

E avrebbe fatto del tutto per poterci riuscire. La strada era libera davanti a loro, a quell'ora la gente si riversava tutta sulle spiagge, che erano affollate per la calura, e per il bel tempo. Il sole alto nel cielo proiettava i suoi raggi caldi sulla superfice del mare, e molti bagnanti cercavano di rinfrescarsi all'ombra delle alte palme che si inchinavano sulla sabbia bianca e leggera come borotalco. Era presto per passeggiare sul bagnasciuga, a quell'ora il caldo si faceva sentire, e non c'era il consueto vento che rinfrescava la pelle arsa dai raggi. Ora Luca sentiva solo il bisogno di bere qualcosa di fresco, mangiare un boccone, e stendersi all'ombra sul suo terrazzo, per riflettere su quello che avrebbe dovuto fare il giorno dopo. Pensò che era arrivato il momento di rompere quel silenzio che cominciava a diventare pesante. E poter così alleggerire quell'atmosfera strana che si era venuta a creare. Inoltre voleva fare in modo di lasciare un po' di spazio aperto tra loro, per poter in qualche modo riuscire a ricucire quel legame a cui teneva. "Sai mi dispiace che vai via, in questi pochi giorni sei diventato per me un vero amico, e spero di avere in futuro la possibilità di potertelo dimostrare. Non è un periodo facile per me, ma mi auguro di poter avere momenti migliori, e rinsaldare la nostra amicizia. Ci conto." Lorenzo sembrò sorpreso di queste parole, e sorrise. "Certo, anche a me fa piacere, e mi rendo conto che tutti noi attraversiamo dei periodi strani, a volte complicati. Ti auguro di sciogliere tutti i nodi, e magari un giorno di rivederti. Ci ricorderemo della nostra gita alle cascate!" ormai erano arrivati a Puerto Plata, e si salutarono con un abbraccio. Luca si sentì più sollevato, poteva ancora contare su di lui. Ora aveva bisogno di avere dei punti fissi, delle certezze. Gli sembrava tutto così approssimativo in quel momento, nella sua vita! Scese dall'auto, e dopo aver fatto pochi passi, l'ombra del patio lo avvolse con la sua frescura. Entrò, e lo accolse il sorriso di Consuelo, la giovane creola che lavorava alla reception. Lei viveva lì, dopo aver chiesto il permesso all'anziano proprietario. Aveva deciso dopo che più di una volta, tornando a casa, un piccolo monolocale alla periferia di Puerto Plata, era stata inseguita da brutte facce, e si era molto spaventata. Purtroppo anche in una piccola città come quella, la delinquenza si faceva vedere, e non era consigliabile girare da sola la sera. Luca prese le chiavi della camera, e salì sopra. Fece una doccia e mangiò un panino che si era fatto confezionare.

Non aveva voglia di andare al ristorante, sentiva solo il bisogno di riposarsi e stare da solo. Ora aveva la consapevolezza di non essere più lo stesso da quando era partito. E forse cominciava a capire il motivo vero della sua partenza. Fissò la luna, che lo guardava come un'amica silenziosa che ti sa capire, e non ti fa domande. Ti legge dentro, e con la sua luce d'argento ti culla e ti regala quella pace di cui senti tanto il bisogno. Ripensò alla sua vita a Milano, sempre pronto a lavorare senza risparmiarsi un attimo. Una continua ascesa, costellata di successi, acquisti, appuntamenti, e nuove conoscenze. Un vortice in cui era stato risucchiato, e che gli impediva di pensare a sé stesso. Ma forse era proprio questo che voleva. Si era abituato fin da piccolo ad una solitudine dorata. E aveva continuato cosi, senza sosta, coltivando la sua immagine di uomo di successo, con quel sorriso che affascinava le amiche felici di trascorrere una notte in sua compagnia, e che lui salutava all'alba del giorno dopo, preso com'era dalla voglia di fare sempre di più. O forse di dimostrare a sé stesso le sue doti brillanti. Ma a quale prezzo? Non ricordava di aver provato emozioni. Non sapeva quali fossero i sentimenti più profondi, quelli che ti riempiono davvero la vita. E all'improvviso sentì il tocco della manina di Pedro, quel pomeriggio di pioggia, e vide il suo viso rigato di lacrime. E sentì un'emozione che non aveva mai provato prima. Quel bisogno di stargli vicino, di farlo sentire protetto. Aveva nascosto il suo cuore sotto un velo sottile, che impediva a chiunque di penetrarlo, forse per paura che smettesse di battere. E in quel giorno, quel velo sottile si era alzato, e qualcosa lo aveva riscaldato, aveva accelerato le sue pulsazioni, e aveva dato vita a sentimenti per lui sconosciuti. No, non era quello di sempre, aveva capito di avere la necessità di fermarsi, di capire cosa voleva veramente. Aveva realizzato che la vita è altro, che il successo può creare solitudine, se non hai nessuno con cui condividerlo. E ora si sarebbe comportato di conseguenza, avrebbe cercato quel quadro, e se mai fosse riuscito a trovarlo, avrebbe valutato poi al momento cosa fare. Ora non gli restava altro che cercare di riposare, e osservò lei, la luna, quante sorprese gli stava procurando da quando era lì, e quante ancora gli erano riservate, non poteva saperlo.

Capitolo 14

Uno scrosciare di pioggia lo risvegliò dal sonno. Guardò l'orologio, erano le otto del mattino. Il rumore del vento e dei grossi goccioloni d'acqua che sbattevano insistentemente contro i vetri del balcone lo fecero alzare, per guardare fuori, e dare un'occhiata. Il cielo era completamente coperto da grosse nuvole nere, cariche di pioggia, e l'oceano alzava minacciose ondate che andavano ad infrangersi lungo la costa. Quello scenario non era per niente rassicurante. Non sapeva di quel cambiamento di clima, non aveva visto il meteo, ormai da giorni si era abituato al dolce tepore che godeva lì, su quell'isola, e non si aspettava tutto questo. Ma era abbastanza frequente in quella stagione l'avvicendarsi dei cambiamenti climatici. Si vestì in fretta e scese giù, voleva consultarsi con qualcuno del posto. Non sapeva se era consigliabile mettersi in viaggio, e raggiungere il lato sud dell'isola, non conosceva l'intensità di quelle tempeste. Andò dritto alla reception e chiese di Salvador, l'anziano proprietario dell'albergo. Lui era un uomo di grande esperienza, spesso si erano fermati a chiacchierare la sera su quei posti, e aveva descritto a Luca degli impressionanti tornado che avevano scosso in passato quelle isole. Più volte erano stati costretti a ricostruire buona parte della facciata esterna danneggiata dai cicloni. E ricomprare gli arredi esterni volati via, a causa delle tempeste. E narrava spesso di un suo carissimo cugino, morto nel tentativo di salvare una surfista. "Buongiorno, Salvador, vorrei consigli da lei. Dovrei raggiungere la parte a sud dell'isola, dopo la baia di Samanà, ci vuole più di un'ora con l'auto, in tempi normali. Ora non so, sicuramente ci vorrà più tempo, ma vorrei essere tranquillo per il percorso, non conosco le intensità di queste tempeste, e se è sconsigliato mettersi in viaggio". "Per esperienza le posso dire che avvengono abbastanza di frequente, e in genere qui la vita prosegue normalmente, tranne quando diramano un'allerta specifica per tornado in arrivo, e allora siamo costretti a rinchiuderci tutti nelle nostre case, tappando tutto, e sbarrando porte e finestre. Ora non c'è stato nessuno avviso, noi degli alberghi, in genere, siamo tra i primi ad essere avvisati. Per cui penso che lei possa uscire, però le devo anche dire, che qui ai tropici, niente è sicuro, se pensa di mettersi in viaggio, rimanga sempre in contatto con gli avvisi delle previsioni, e cosa più saggia, se vede che il tempo peggiora, si diriga velocemente verso l'interno, e si allontani quanto più è possibile dalla costa." Luca ascoltò con attenzione, e lo ringraziò per i consigli. C'era in lui un certo timore, ma non gli andava di rimanere bloccato lì per una intera giornata, aveva molta ansia di conoscere finalmente Manuel Gonzalo. E ora che era a un soffio, c'era questa maledetta pioggia che lo bloccava lì, e gli creava mille dubbi.

Guardò quel cielo plumbeo, e i lampi in lontananza, che a tratti rischiaravano il cielo. La linea dell'orizzonte era sparita, e le grosse nuvole sembravano tuffarsi nel mare. La schiuma bianca si ergeva in tutta la sua potenza, e andava a infrangersi violentemente sulla spiaggia, risalendo su, fino alla scogliera rocciosa. I gabbiani volavano in alto, per mettersi al riparo. E il vento si faceva sentire, con raffiche sempre più forti, facendo volare i rami più leggeri degli alberi, che erano stati spezzati. Ma cosa gli succedeva? Dov'era il suo raziocinio? La consapevolezza di sé e di ciò che gli accadeva intorno, che contraddistingueva tutte le sue giornate? Quel suo valutare attentamente i pro e i contro che sorgevano sempre, relativamente a tutto quello che gli accadeva? E il suo procedere ad un ritmo attentamente programmato per tempo, per essere sicuro del successo delle sue azioni? Si guardò intorno, e guardò gli alberi alti che piegavano le loro cime, come in una danza sempre più veloce. E sentì quell'impulso forte di muoversi, mettersi in macchina, raggiungere quel piccolo villaggio di case che gli avevano descritto. E parlare finalmente con quell'uomo,

Manuel Gonzalo. Era come se una forza misteriosa che proveniva dalle viscere della terra, gli desse un comando preciso. Come se la sua mente stesse captando un segnale che proveniva dall'intero universo, e a lui non restava altro che seguirlo. Era sorpreso da questi suoi pensieri, la parte di sé prudente e riflessiva, guardava con sorpresa quel nuovo aspetto di sé, eppure c'era...Si calò il cappuccio del giubbino impermeabile sulla testa, prese lo zaino, le chiavi della macchina, e con una corsa raggiunse l'auto. Aprì lo sportello, e entrò dentro, giusto in tempo, subito prima che una raffica più forte di vento, lo costrinse a fare forza per chiudere la portiera. Mise in moto, e si avviò lungo il viale dell'albergo che sbucava sul corso principale. Svoltò a destra per immettersi, e non si aspettava quello scenario. La larga carreggiata, era completamente invasa dall'acqua. Era come se uno stretto torrente, fiancheggiato dagli alberi, proseguisse come un serpente sinuoso, che veniva scosso ogni tanto, da un colpo più forte di vento. Il mare in burrasca, faceva sentire il suo ruggito, e veniva scosso di tanto in tanto da improvvisi fulmini, che cadevano sulla sua superfice, e un bagliore improvviso si rifletteva sulla lunga scogliera, come un fascio d'argento, che guizzava sempre più in alto, e sembrava spezzare con la sua forza i sottili arbusti che incontrava sul suo cammino. Cercò di concentrarsi sulla strada da percorrere, non era il momento di distrarsi. Calcolò che avrebbe impiegato più di tre ore e mezza per arrivare a destinazione. E soprattutto gli avevano detto che proseguendo dopo la spiaggia di Las Terrenas, la strada era poco frequentata, e diventava più stretta, sicuramente più difficile da percorrere con quelle condizioni climatiche.

Ma poco importava, ormai aveva deciso di mettersi in viaggio, e sarebbe arrivato a destinazione. La sua auto procedeva lentamente, e considerando che erano le nove passate, sarebbe arrivato in quelle zone intorno alle tredici, quindi aveva tutta la giornata davanti a sé per rintracciare Manuel, e avere la possibilità di parlare con lui. A tratti il cielo sembrava rischiararsi, e gli concedeva un po' di sollievo, le nuvole correvano veloci, e gli uccelli più robusti, sembravano rincorrerle, quasi per scacciarle via, e donare loro un po' di tranquillità. Accese la radio dell'auto, e mise un po' di musica, gli avrebbe fatto compagnia, e lo avrebbe aiutato a distrarsi, ne aveva bisogno per allentare la tensione. Ripensò a quando era partito, al suo primo giorno a Punta Cana, alla sua aria da turista in trasferta, e al piacere che aveva provato, quando aveva visto per la prima volta quelle spiagge di una candida bellezza, e si era riscaldato al sole tiepido che si poggiava sulla sua pelle. E ora sembrava trascorso un secolo. E soprattutto quante cose erano successe, quante persone aveva conosciuto, arrivando lì, e tutte avevano contribuito a farlo riflettere, forse a fargli conoscere meglio sé stesso. Ma ora cosa gli riservava il futuro? Quando sarebbe tornato a Milano? E cosa aveva intenzione di fare? Non poteva saperlo, se prima non avesse trovato quell'uomo, e avesse visto quel quadro, ammesso che esistesse davvero. Ormai erano circa tre ore che era in cammino, e fortunatamente tutto era filato liscio. Continuava a piovere, ma il vento si era placato un po', e i grossi goccioloni si erano trasformati in una sottile leggera pioggia, e la strada non era invasa dall'acqua come prima. Aveva riacquistato fiducia, soprattutto tenendo conto che tra un po', la carreggiata si sarebbe ristretta, e il percorso sarebbe cominciato a diventare più tortuoso, e poco affidabile. Tra non molto avrebbe finito di attraversare il pezzo di strada che lo conduceva dall'altro lato della lunga lingua di terra che formava il tacco di quell'isola, e si sarebbe affacciato nella baia di Samanà. Doveva superare Las Terras, e dirigersi verso la più solitaria Playa Rincon. Lì a metà strada c'era il piccolo villaggio, a ridosso della spiaggia dove viveva Manuel. Aveva letto un po' di notizie, riguardo a quei luoghi, e aveva scoperto che diverse famiglie francesi, col passare degli anni si erano trasferite lì, e avevano preso alloggio. Un violento tuono lo fece sobbalzare improvvisamente, e un

110

forte scroscio d'acqua, come un'improvvisa cascata, invase la strada. Ripensò alle parole di Salvador, di fare attenzione, e rimanere collegato con la radio, perché il tempo poteva cambiare all'improvviso, e non doveva farsi prendere alla sprovvista.

Cambiò subito stazione, e si collegò con le previsioni, in lingua spagnola. Ma ormai aveva acquistato una buona dimestichezza, e se la cavava bene. Il suono metallico della voce, non tardò a dargli l'informazione che temeva di più. Una grossa perturbazione si stava avvicinando velocemente alla costa, ed era fortemente consigliato di non mettersi in viaggio, perché avrebbe portato forti venti, e rischio di cicloni improvvisi. La speaker, con molta calma, augurava a tutti gli ascoltatori, una buona giornata. No, decisamente non se l'aspettava. Ma ormai era quasi giunto a destinazione, e cercò di rimanere calmo, anche se la sua tensione, aumentava allo stesso ritmo della pioggia battente. Ma non poteva farci nulla, e soprattutto non aveva scelta, non gli rimaneva altro che andare avanti, e sperare che il tempo non peggiorasse ulteriormente. Imboccò una lunga curva, guardando la vegetazione che circondava la sua macchina, con il vento e la pioggia che lo accompagnavano lungo tutto il percorso. E all'improvviso si ritrovò a due passi dalla costa. Aveva superato quella lunga penisola, e si era affacciato nella Baia di Samanà. Lo scenario non era rassicurante, il mare in tempesta aveva completamente invaso la spiaggia, e degli alti cavalloni si infrangevano sugli scogli. Sembrava quasi che l'acqua volesse invadere le case che si trovavano aldilà della lunga fila di palme. Un gracchiare della radio che si era interrotta poco prima, diede di nuovo vita alla voce metallica. "Una grossa tromba d'aria si è formata al largo di Puerto Plata, e corre velocemente a sud, consigliamo vivamente di tenersi lontano dalla costa, e raccomandiamo a tutti quelli che abitano nei pressi della spiaggia, di barricare porte e finestre, e non uscire di casa. Per nessuna ragione mettersi in mare, è molto pericoloso."

111

Poi seguiva una musichetta, e la pubblicità di una marca di detersivo. Come se in quel momento, potesse interessare a quelli come lui, che avevano avuto la brillante idea di mettersi in viaggio. Com'è strana la vita, ieri eri al sicuro, nella tua città, circondato da comodità, e con un mucchio di persone attorno che dipendono da te, e dal tuo lavoro. E oggi ti trovi solo, su una strada deserta, in balia di una tempesta, senza sapere esattamente dove sei diretto. E soprattutto con la paura di dover affrontare qualcosa più grande di te, un ciclone. Luca fece un profondo respiro, doveva assolutamente ritrovare la calma, non poteva permettersi di perdere il controllo. L'acqua aveva completamene invaso la strada, e cadeva giù a secchiate. Doveva essere attento a non frenare improvvisamente, perché rischiava di sbandare. Ma contemporaneamente, avrebbe voluto accelerare, per la fretta di arrivare, e scendere da quell'auto. Decise di concentrarsi sul percorso, ormai mancava poco da Playa Rancon, e dalla piccola cittadina. Vide da lontano un cartello con l'indicazione a destra per il centro. Svoltò lentamente e percorse un centinaio di metri ma fu costretto a fermarsi. Un grosso ramo spezzato, era caduto giusto al centro, e si intravedeva, come se fosse sul letto di un torrente. "Accidenti! E ora devo scendere, e cercare di spostarlo, non ci voleva." Aprì lo sportello, e il forte vento gli fece sbattere violentemente la pioggia sul viso. Proseguì a fatica, con l'acqua che gli bagnava completamente le scarpe.

Arrivò al tronco, ma si rese conto che era piuttosto grosso, non sarebbe stato facile spostarlo. Raccolse tutte le sue forze nel tentativo di riuscirci, ma fallì. Quanti secondi rimase così, a fissare quella scena, sentendo tutta la rabbia crescere dentro di lui, e maledicendo il giorno in cui si era messo in viaggio, e non sapendo assolutamente cosa fare. Ma cosa gli sarebbe successo se avesse aspettato ancora? Ecco che una parte di lui, lo costrinse a pensare, a trovare un modo. Si girò e guardò l'auto, non aveva altra via d'uscita. I bordi della strada erano circondati da una fitta sterpaglia, e non riusciva a intravedere un varco dove poter passare. Non gli restava altro che tornare indietro, ma sarebbe andato incontro al ciclone. All'improvviso si illuminò. Se avesse legato il tronco e azionato la retromarcia, con uno strattone improvviso, aveva buone possibilità di spostarlo verso il ciglio della strada. Si coprì la testa con il cappuccio che gli era scivolato all'indietro e aprì il cofano. Era fortunato. Una grossa rete da pesca era rimasta lì, chissà da quanto tempo, se ne era accorto quando aveva preso la macchina a noleggio. E quando la spostò trovo una cima, che probabilmente serviva per legarla a qualche boa di salvataggio. La prese, e si avviò velocemente verso il tronco. Non fu facile sollevarlo di poco per poterlo legare, ma raccolse tutte le sue forze, e ci riuscì. Fece un doppio nodo, e si assicurò che fosse ben stretto per non far scivolare la corda. Si mise al volante, e azionò la retromarcia, doveva dare un colpo secco, e spostarsi velocemente all'indietro, era la sua unica via d'uscita. Sentì la frizione gracchiare, e la macchina slittare, ma poi improvvisamente, con un secondo colpo di acceleratore, si spostò con un sussulto di parecchi metri. Si girò avanti con uno scatto, e vide il tronco che si era messo in diagonale, liberando la strada di un paio di metri. Ce l'aveva fatta! Era salvo. Scese velocemente per slegarlo e recuperare la cima, la gettò nel cofano, e ripartì, doveva essere il più veloce possibile. Percorse quel breve tragitto con il fiato in gola, non vedeva l'ora di incontrare qualcuno, o di raggiungere un centro abitato. Vide un altro cartello, che gli indicava di svoltare di nuovo a destra, verso l'interno. Seguì le indicazioni, e finalmente vide davanti al lui delle palazzine basse, e l'insegna di un piccolo market, proprio al centro della piazzola. Parcheggiò la macchina ed entrò dentro in tutta fretta. "Ehi, salve! Ha scelto la giornata adatta per mettersi in viaggio. Qui siamo in pochi, e mi sembra di non averla mai vista prima, è arrivato adesso?" "Si, stamattina non pensavo che il tempo sarebbe peggiorato in questo modo, e avevo fretta di incontrare una persona che dovrebbe vivere da queste parti, penso che lei lo conosca, si chiama Manuel Gonzalo." "Certo che lo conosco, e la cosa mi sembra ancora più strana. Lei non solo si mette in viaggio con questo tempo, ma sta cercando proprio un tipo come lui, che definire un orso, equivale a un complimento. E' la persona meno socievole che io conosca." "In realtà anche io non lo conosco, mi sa dire qualcosa di lui?" "Davvero poco, da quando è arrivato qui, alcuni anni fa, forse tre o quattro, non ha legato con nessuno, tranne che con il vecchio Pablo, che possiede una piccola terra proprio qui dietro. So che spesso gli chiede consigli sulle coltivazioni. Poveraccio con questa furia sarà andato tutto distrutto. Una volta mi raccontò che lui aveva litigato con la figlia, e se ne era andato via da un'altra città, e perciò era arrivato qui. Ma lei lo sa, che poco fa era qui? Ha fatto la sua solita spesa, anche con questo tempaccio, e poi si è messo in macchina per arrivare a casa sua. Gli ho detto di fare in fretta e barricarsi dentro, la sua palazzina, è proprio a ridosso della spiaggia. "Mi indichi subito la strada, lo devo raggiungere." "E' impazzito? Rischia di andare incontro al ciclone, non ha sentito la radio?" "Devo andare, la prego, mi indichi la strada." L'uomo lo guardò con gli occhi spalancati, forse quello straniero non aveva idea di cosa fosse un ciclone, correva il rischio di uccidersi, però lui lo aveva avvisato. "Ok, anche se solo un pazzo ora, si dirigerebbe verso la spiaggia. E' proprio difronte a lei, non può sbagliare, vada dritto per circa un chilometro, e si troverà alle spalle della piccola villetta di Manuel. Buona fortuna! Ne ha molto bisogno." Luca uscì in fretta dal locale, giusto in tempo per rendersi conto che il vento aveva acquistato molta più forza. Aprì in fretta la macchina, mentre si sentiva quasi trascinato via da quella forza, e mise in moto. Non era lui, di nuovo quella forza misteriosa, lo faceva andare avanti, affrontando una situazione di serio pericolo, non sapeva cosa gli

114

sarebbe potuto succedere. Ma c'era qualcosa che lo spingeva verso quell'uomo, anche a costo di rischiare la vita. La pioggia sferzante gli faceva a malapena vedere la strada, rami spezzati volavano da tutte le parti, e davanti a lui non riusciva ancora a scorgere nulla. Quando all'improvviso, dopo una curva gli apparve la spiaggia, o quello che era rimasto di lei. Le ondate alte, andavano a infrangersi sulla scogliera, e la oltrepassavano, raggiungendo quasi le villette che erano lì, a pochi metri. Socchiuse gli occhi, per cercare di vedere meglio, e intravide una macchina, proprio a pochi passi dalla prima casa. Ma c'era qualcuno dentro! Perché non usciva? Mentre pensava vide lo sportello aprirsi, e una figura un po' curva, con due buste in mano, spingere con forza la portiera cercando di chiuderla. Si girò, e la vide.

Un'immensa colonna d'acqua avanzava sul mare a tutta velocità, e si dirigeva verso di loro. Doveva aiutarlo! Era troppo lento. Scese correndo dalla macchina, e lo afferrò per le spalle con una mano, e con l'altra prese le buste. "Si muova! Non abbiamo tempo, dobbiamo subito entrare in casa!" lo spinse con forza, costringendolo ad essere più veloce. L'uomo si scosse, e aprì in fretta il piccolo portone, e finalmente entrarono in casa. Luca chiuse velocemente, e corse verso i vetri dell'ampia balconata, dall'altra parte della stanza. Spinse il pesante tavolo che era a centro della sala, e bloccò le imposte. Il vento premeva contro, facendo sentire il suo sibilo sinistro. Poi salì in fretta al piano di sopra, ed entrò nella stanza. Con il letto bloccò l'altro balcone. La casa sembrava tremare tutta. Scese giù, e guardò in viso quell'uomo di mezza età, che non sapeva cosa dire, né cosa fare. Lo guardava con aria interrogativa, e al tempo stesso sembrava non curarsi di nulla, come se non provasse alcun interesse per quello che stava accadendo. Non ebbero il tempo di dire nulla. Il ciclone si stava abbattendo sulla spiaggia con tutta la sua violenza, la casa sembrava scuotersi e tremare come se fosse di cartone.

Il legno scricchiolava pericolosamente, ed entrambi fissavano le imposte, con il terrore che potessero spalancarsi da un momento all'altro. Un violento colpo sul tetto della casa, li fece correre al piano superiore. Il tetto era integro, ma qualcosa era volato, e si era fracassato, e rumori sinistri che provenivano dall'esterno, continuavano a farsi sentire senza sosta. "Sta deviando, se si fosse abbattuto proprio sopra la casa, non so se avrebbe retto. L'ho visto da lontano, era bello grosso, di quelli che fanno male sul serio." Luca lo guardò, non sapeva cosa dire, aveva il cuore in gola, e continuava a fissare il lampadario di bambù, al centro della stanza, che oscillava senza sosta, però forse aveva ragione. Le raffiche di vento sembravano allontanarsi, e la casa che prima sembrava essere scossa dalle fondamenta, ora non tremava più come prima. Erano salvi! Poteva tirare un respiro di sollievo. Chiuse gli occhi, per cercare di ritrovare la calma, e non continuare a tremare come un fuscello, ma non era facile. E guardò Manuel difronte a lui che sembrava non aver perso la calma nemmeno per un attimo. Quell'uomo sembrava non tener conto della propria vita, o forse era fin troppo abituato a questi eventi? Non sapeva cosa pensare. E del resto la situazione in cui si trovava era alquanto paradossale. Si trovava in casa con uno sconosciuto, ed erano appena usciti indenni da un pericoloso ciclone, che per loro fortuna non aveva preso in pieno la casa. E ora appena si fosse ripreso dallo spavento, avrebbe dovuto quanto meno spiegare la sua presenza lì, proprio quel giorno, e con quella burrasca... "Beh, dovrei ringraziarla, se non mi avesse spinto dentro, forse ci avrei lasciato la pelle, per quanto possa contare per me. Ma non riesco a capire cosa ci fa uno come lei qui, e soprattutto con questo tempo. Ma faccia come vuole, è libero di dirmelo, o di stare zitto, a me non importa. Penso che la cosa migliore in questo momento è offrirle un goccio di rhum, credo che le faccia bene, è pallido come uno straccio." Scese giù, e fece segno a Luca di seguirlo. Aprì il piccolo mobile di legno scuro, e prese una bottiglia, due grossi bicchieri, e li riempì. Poi fece segno di sedersi sulle due poltroncine di vimini che si trovavano in un angolo della stanza, e spostò con il piede i grossi cocci di vetro di un vaso che si era rovesciato sul pavimento.

Luca si sedette e prese il bicchiere. Ingoiò un lungo sorso di liquore, e quel liquido che gli scendeva giù per l'esofago lo aiutò a ritrovare un po' della sua calma, ne aveva veramente bisogno. Ora avrebbe dovuto dire qualcosa, anche se non sapeva da dove cominciare. Aveva atteso quel momento con grande ansia, e ora che era finalmente arrivato, si sentiva svuotato, stanco, impaurito, e soprattutto stupido. Quell'uomo probabilmente avrebbe riso del suo racconto, il suo atteggiamento sprezzante lo metteva a disagio, aveva tutta l'aria di uno che non sapeva che farsene di lui, e magari non vedeva l'ora che avesse alzato i tacchi e se ne fosse andato. Ma ora era lì, e doveva andare fino in fondo, tutto sommato non aveva niente da perdere. "Vede, non so da dove cominciare, soprattutto dopo uno spavento come questo. Lei forse è abituato, ma io vengo dall'Italia, e non mi era mai successo di trovarmi in una situazione come questa. Ma ho l'impressione che lei sia uno che non ama perdere tempo, e quindi cercherò di spiegarle tutto al più presto. A Milano, dove vivo, ho una casa d'aste, e lì ho conosciuto un uomo che lei ha incontrato diversi anni fa, un americano che trascorse un po' di tempo qui, su quest'isola. È un mio caro amico, e mi raccontò che lei conosceva un pescatore qui, un suo amico, che era venuto in possesso di un quadro di valore. Si trattava di un Gauguin. Mister Colemann mi parlò a lungo di questa cosa, e di come fosse stata per lui un'occasione mancata. Sono sicuro che mi disse tutto questo per spronarmi a venire qui, e parlare con lei. È un vero peccato che un quadro del genere rimanga nascosto qui, senza dargli il giusto risalto."

Manuel fissò a lungo Luca, e sembrava voler scrutare il suo animo. La sua espressione fredda si era trasformata in qualcosa di diverso, probabilmente lo stava soppesando, cercando di capire se avrebbe potuto fidarsi di lui. Aveva conosciuto un mucchio di gente negli anni addietro, e gli riusciva abbastanza facile capire con chi aveva a che fare. Ma ne valeva la pena parlare con uno sconosciuto? Ormai da tempo aveva deciso di continuare a vivere lì, sepolto in quella casa, per quello che gli restava ancora da vivere, e senza provare interesse per nulla, al di fuori del suo piccolo giardino, che amava coltivare, giusto quel poco che gli serviva per continuare a vivere. "Mi rendo conto che le sembrerà molto strano parlare con me, e dirmi qualcosa in proposito. Ho fatto molti chilometri per venire fin qui, e forse ho anche rischiato la pelle, ma lei faccia come vuole, se non ha intenzione di dirmi nulla, me ne andrò per la mia strada. In ogni caso racconterò a Mister Colemann che sono riuscito ad incontrarla, e a parlare con lei. Quando mi metto qualcosa in testa, devo portarla a compimento, se non ci riesco, sarà la mia prima sconfitta. Ma forse mi farà bene, non sempre si può vincere, e questo viaggio mi ha insegnato molte cose, la vita ti riserva sempre un mucchio di sorprese. Ora più che mai, ho solo bisogno di sentirmi in pace con me stesso e con gli altri, e per nulla al mondo costringerei qualcuno a fare qualcosa che non rientra nelle sue intenzioni." Parlò tutto d'un fiato, quasi senza rendersene conto, o piuttosto gli sembrò di pensare a voce alta, come qualcuno che ha bisogno di manifestare sé stesso, e quello che ha dentro, senza pensare troppo a chi ha difronte. Non gli era mai successo prima, ma quante cose stavano prendendo una piega che per lui rappresentavano un terreno sconosciuto. "Non esiste nessun pescatore." Fu la risposta asciutta. Luca spalancò gli occhi, incredulo. "Mi sta dicendo che il suo racconto era fasullo?" "No, le sto dicendo che il quadro è in mio possesso, dissi una menzogna a Mister Colemann, per capire come reagiva, avrei voluto che mi aiutasse, e all'inizio sembrava interessato, ma poi sparì, e allora non ci ho pensato più, non ne ho parlato più con nessuno. Il quadro è qui, lo custodisco in questa casa."

Luca non sapeva per quanto tempo rimasero in silenzio, ma quello che gli era ben chiaro, era che ora era arrivato finalmente a destinazione. Il dipinto era lì, a portata di mano, e non gli sembrava vero. La sua immaginazione cominciò a correre senza sosta, e volava tra Milano e le coste dell'isola, cosa doveva dire? E cosa avrebbe potuto proporre a quell'uomo senza essere invadente? Non aveva un carattere facile, se ne era reso conto subito. Doveva cercare di trovare le parole giuste, per uscire da quell'inghippo. Ma fu proprio lui, a eliminare ogni indugio. "Ora che lo ha saputo, se ne può anche andare, per quello che mi riguarda." Fece un sobbalzo, a quelle parole, tutto si sarebbe aspettato, ma non una frase del genere, e allora, perché glielo aveva detto? "Mi scusi, non capisco, non mi aspettavo questo da lei, e allora non mi rendo conto del motivo per cui lei mi ha messo a conoscenza del suo segreto, avrebbe anche potuto non dirmelo." Manuel sembrava non ascoltarlo, rimase assorto nei suoi pensieri, come qualcuno che sta rivivendo il passato nella sua mente, e non ha nessuna voglia di dialogare. Ma poi, finalmente, dopo un indefinito lasso di tempo, si degnò di rispondergli. "Cosa si aspettava da me? Piomba in casa mia senza essere stato invitato da nessuno. Non so lei chi sia, potrebbe anche essere un ladro. Credo di essermi esposto già troppo con lei, nel rivelarle il mio segreto, in genere sono uno che non si fida di nessuno. Ma ho pensato che se non glielo avessi detto, non si sarebbe levato da torno tanto facilmente. Perciò ora che ho soddisfatto la sua curiosità se ne può anche andare. Naturalmente con la preghiera di non raccontare a nessuno quello che le ho detto, non vorrei che qualcuno mi uccida nel sonno, per rubare il mio quadro. Ma penso che non convenga neanche a lei raccontarlo, potrebbero prendersela anche con lei." Luca non sapeva cosa fare, aveva fatto tutti quei chilometri per essere liquidato in quel modo? Senza avere nessuna possibilità di poter vedere il quadro?

Come era possibile che quell'uomo lo volesse tenere nascosto agli occhi del mondo? Questo lo avrebbe potuto fare un accanito collezionista di opere d'arte, ma non un uomo di mezz'età, su una spiaggia deserta che avrebbe potuto ricavare un guadagno notevole dalla vendita di quel dipinto. E avrebbe potuto cambiare completamente la sua vita. E invece no, sembrava che tutto questo non avesse alcun valore per lui, come era possibile? Doveva assolutamente fare o dire qualcosa, non poteva andarsene così, senza averci provato. "Vede, capisco che non si possa fidare di me, non mi conosce, non sa chi sono. Però ha avuto modo di conoscere Mister Colemann, e se lui si è confidato con me, è perché ha una certa stima nei miei confronti, altrimenti non mi avrebbe reso partecipe di una tale notizia. Ed è stato particolarmente contento che sia partito, e mi sia messo sulle sue tracce, se vuole possiamo anche chiamarlo, se non mi crede." Manuel lo fissò a lungo, e poi finalmente decise di parlare. "Forse lei non ha capito. Se non mi fossi fidato, non le avrei detto niente. Il punto è un altro. Il quadro è qui, e non ho nessuna intenzione di spostarlo, apparteneva a mia moglie, lo amava molto, ed è tutto ciò che mi rimane di lei. Cosa vuole che me ne faccia dei soldi?" Ora finalmente capiva, quell'uomo continuava a vivere così, isolato dal mondo, nel silenzio di quella baia, con il ricordo del suo grande amore che accompagnava ogni giorno della sua esistenza, e senza avere nessuna voglia di condividere con gli altri i suoi pensieri. "Capisco, e mi scuso con lei. Sono arrivato qui dall'Italia, pensando di proporle un buon affare, ho una casa d'aste, e avrei potuto aiutarla a venderlo, ma ora mi rendo conto che ci sono cose molto più importanti dei soldi. Ha ragione lei, però c'è un mio desiderio che lei potrebbe soddisfare, lo vorrei vedere, così non avrei la sensazione di aver fatto tutti questi chilometri a vuoto. Sono un appassionato d'arte, e già il solo vederlo mi regalerebbe una grande soddisfazione." "Si ha ragione, lei è stato molto sincero con me, e lo apprezzo, non posso farla andare via senza aver visto il quadro, venga con me, si trova al piano di sopra, in una piccola stanza, affianco alla mia camera da letto. Ogni tanto entro per ammirarlo, ed è come se mia moglie fosse con me, anche se per pochi istanti."

Entrambi salirono le scale in silenzio, e Luca sentiva battere più forte il cuore. L'emozione era tanta, si sarebbe trovato difronte ad un capolavoro di cui nessuno era a conoscenza, e nello stesso tempo sentiva una grande ammirazione per quell'uomo. Pochi al mondo avrebbero avuto la sua sensibilità, e la sua devozione verso la moglie scomparsa. Le tavole di legno scricchiolavano al loro passaggio, ancora pochi gradini, e sarebbero arrivati al piano superiore. Le imposte erano ancora chiuse, ed il letto spostato per impedire che il forte vento generato dal ciclone avesse potuto spalancarle. Luca aiutò Manuel a rimettere ogni cosa al proprio posto, e un bel raggio di sole inaspettato comparve improvvisamente dalla finestra spalancata. Come era variabile lì il tempo! Nessuno avrebbe detto che appena pochi minuti prima si era scatenata una tempesta così violenta, e chissà quali danni aveva generato lungo il suo passaggio. Entrambi si affacciarono curiosi, per vedere cosa fosse successo fuori. Il mare aveva invaso buona parte della spiaggia, e le sue onde lunghe si rincorrevano senza sosta. Sulla superfice dell'acqua c'erano rami spezzati di ogni grandezza, e una enorme quantità di foglie secche e canne di bambù. Pezzi di legno spezzati dalla furia del vento galleggiavano tristemente, e alcuni di essi erano depositati sopra gli scogli piatti. Delle grosse nuvole nere, dense di pioggia, si allontanavano leggere trasportate dal vento, e un veloce stormo di uccelli sembrava rincorrerle. Ci sarebbe voluto un bel po', per gli abitanti di quei posti, per rimettere le cose a posto, e per riparare i danni creati dalla furia del vento. Ma per fortuna l'allerta era arrivata in tempo, e sicuramente erano rimasti tutti chiusi in casa, aspettando che la bufera passasse.

"Ora mi segua, venga con me, le mostrerò la tela." Manuel aprì la porta che dava nella stanza affianco, e un fascio di luce la invase. Nella parete difronte, appesa al muro, la vide. "Danzatrici al chiaro di luna." Furono le parole del dominicano. Luca si avvicinò trattenendo il respiro. Fu letteralmente abbagliato dalla sua bellezza, e dai suoi meravigliosi colori. Tre giovani donne, con delle leggere camicie bianche di tela grezza, e delle lunghe gonne variopinte, si davano la mano, e accennavano dei passi di danza, al suono di una immaginaria melodia. Alle loro spalle, gli alti tronchi delle palme, terminavano con lunghe foglie, che sembravano inchinarsi al suono di quella musica. Ai loro piedi, l'acqua tranquilla del mare le bagnava con delicatezza, e la luna lassù, regalava ai loro visi sorridenti una luce d'argento, che illuminava il colorito scuro e lucente.

Quel quadro emanava calore e allegria in tutta la stanza, e sembrava vivere di una luce propria, rendendo quelle giovani donne vive nella loro naturale e selvaggia bellezza. Soprattutto una di loro, aveva agli occhi di Luca qualcosa di familiare, come se l'avesse già vista da qualche parte. "È notevole vero? Vedo che è rimasto senza parole." Manuel lo guardò sorridendo, ed era la prima volta che il viso di quell'uomo sembrava più disteso, come se fosse preso dalla magia di quella tela, che aveva un effetto benefico per lui, contribuiva a renderlo più sereno, forse a fargli dimenticare i pensieri tristi. "Si, è davvero meraviglioso, e ora capisco perché lei non se ne voglia separare, ha qualcosa di magico." I due rimasero per diversi minuti in contemplazione di quel dipinto, e Luca ne approfittò per poterlo studiare con calma, osservare tutti i suoi particolari, perché probabilmente non ci sarebbe stata per lui una seconda volta, e voleva imprimerlo nella sua mente in maniera indelebile, per conservarne a lungo il ricordo. Quel giorno per lui aveva il sapore di una conquista, e quelle emozioni lo ripagavano in parte del lungo viaggio, e dello spavento che aveva vissuto. "Devo ringraziarla, mi ha dato una grande soddisfazione, ora non mi resta che ritornare in Italia, anche se le devo confessare che vado via un po' a malincuore, mi sono affezionato a questi posti, credo che ritornerò volentieri. Ora però devo cercare un posto per dormire stanotte, si è fatto tardi, e non me la sento di viaggiare con il buio. Saprebbe indicarmi qualche albergo nei paraggi?" "Si certo, non me ne voglia, ma avrà capito che amo la solitudine, e non sono abituato ad ospitare, può tranquillamente ritornare in città, e prendere alloggio alla locanda proprio a sinistra del supermarket, si troverà bene. Però domani mattina venga da me a colazione, l'aspetto volentieri, e avremo modo di fare due chiacchiere e salutarci." Luca fu molto contento di aver fatto una piccola breccia nell'animo di quell'uomo, e lo avrebbe rivisto con piacere il giorno seguente. I due si salutarono stringendosi la mano, e con un lieve sorriso. Prese le chiavi della macchina, e si diresse a passo spedito fuori la casa, avrebbe raggiunto il centro del piccolo villaggio, e avrebbe comprato qualcosa da mangiare al supermarket, prima di dirigersi in albergo.

Ora cominciava davvero a sentire la stanchezza di quella lunga ed emozionante giornata. Aveva quasi la sensazione di vivere un'altra vita.

Capitolo 15

Fu abbastanza semplice arrivare in paese, e trovare il piccolo albergo che gli aveva segnalato Manuel. Decise di comprare un sandwich con formaggio e prosciutto, e una coca, perché non aveva voglia di cercare anche un posto dove andare a mangiare, le emozioni di quella lunga giornata lo avevano letteralmente stroncato, e ora sentiva solo il bisogno urgente di riposare, e di riordinare le idee. Diede un'occhiata in giro, per vedere se ci fosse anche qualcos'altro di cui potesse avere bisogno, prima di uscire dal piccolo market. Sentiva la sua mente come svuotata, le gambe e le braccia scosse da un leggero fremito, che non riusciva a controllare, come se una corrente elettrica attraversasse il suo corpo, senza dargli la possibilità di poterla fermare. Si rese conto di non essere ancora completamente lucido. Lo spavento, e l'emozione avevano preso possesso in pochi secondi di tutto il suo essere, e ora facevano fatica a lasciarlo, e lui non riusciva a riacquistare la naturale padronanza di sé.

Forse sarebbe stato meglio a questo punto perdere un po' di tempo tra quegli scaffali, anche se in realtà non gli serviva niente in particolar modo, ma voleva arrivare in albergo quando sentiva di aver riacquistato la calma. E soprattutto quando quel tremito, e quelle gocce di sudore che gli scendevano sulla fronte si fossero fermate. Non conosceva quel posto, e doveva essere sicuro che il proprietario della locanda gli avesse fornito una camera, per trascorrere la notte. Aveva visto l'occhiata di curiosità che gli avevano riservato quando era entrato nel market, solo un pazzo poteva essere in giro con il ciclone che da poco tempo aveva abbandonato quel posto. La strada che aveva percorso per arrivare fin lì, era invasa da ogni sorta di detriti, ed era stato un vero miracolo che il tornado avesse invaso solo la spiaggia, senza addentrarsi nel centro abitato. Ma tutto ciò che c'era in spiaggia sicuramente era completamente distrutto. Decise di fare due chiacchiere con l'uomo che era alla cassa.

124

"Buonasera, non pensavo di trovare qualcuno qui, dopo quello che è successo." "Ha ragione, ma è un puro caso che io sia qui. Avevo saputo della tempesta che si stava avvicinando, e stavo per chiudere tutto e tornare a casa. Ma una signora che era in negozio, ha cominciato a urlare, dicendomi che non aveva nessuna intenzione di uscire dal negozio, finchè non fosse finito tutto. Ho cercato di convincerla ad andare via, ma non ci sono riuscito. E così ho chiamato mia moglie, e sono rimasto qui, pregando che finisse tutto al più presto, e che fossimo usciti indenni dalla furia che si stava avvicinando. Praticamente è andata via pochi secondi prima che lei arrivasse, e francamente mi sono stupito di vedere che qualcuno avesse voglia di fare acquisti, dopo tutto quello che è successo. Luca sorrise a quella battuta, quell'uomo gli aveva fatto tornare un po' di buon umore. "Me ne rendo conto, ma il cattivo tempo mi ha sorpreso mentre ero in viaggio, il mio errore è stato quello di non tenermi costantemente informato sulle previsioni del tempo. E così sono arrivato fin qui, e mi ha ospitato un amico finchè non fosse passato tutto, ma adesso devo per forza pernottare qui, e ho bisogno di qualcosa da mangiare per riuscire a chiudere occhio stanotte, già è un miracolo che non sia svenuto dallo spavento. È la prima volta che mi capita un'esperienza del genere!" "E spero per lei che sia anche l'ultima! Vede noi siamo abbastanza abituati, eppure la paura è sempre tanta, non puoi mai sapere come va a finire la cosa, ci potresti anche lasciare la pelle. Le auguro un buon rientro segnor, e un buon riposo, ne ha veramente bisogno." Luca si rendeva conto di non avere un aspetto splendido, la stanchezza aveva invaso tutte le sue membra, e sentiva che la sua vista si stava quasi annebbiando, ma cercò di mantenere il controllo di sé, pagò il conto e si avviò a piedi verso l'albergo che si trovava a pochi passi da lì. Un leggero vento faceva muovere e volare una quantità enorme di foglie che erano sparse un po' ovunque sul selciato, e lui doveva fare attenzione per non inciampare in qualche ramo più grosso che si nascondeva tra

125

tutta quella vegetazione che era caduta in maniera copiosa dagli alberi. Il cielo era completamente terso. Grosse gocce d'acqua cadevano dalle cime più alte, e gli bagnavano i vestiti, e una luce ramata si allungava su ogni cosa. Il giorno stava cominciando a cedere il posto alla sera, e la sua ombra ad ogni passo si muoveva e veniva proiettata sul muro bianco dell'edificio che aveva difronte. Sembrava come se un gigante stesse avanzando lentamente. E risultava impossibile che tutta quella calma invadesse la natura che si trovava attorno a lui, dopo tutto quello che era accaduto, persino gli uccelli avevano ripreso a far sentire le loro voci. Eppure era così, tutto continuava, come se non fosse successo nulla, anche se i segni di quella devastazione era sparsi un po' ovunque, attorno a lui. Entrò spedito nell'albergo, senza indugiare oltre, e chiese una camera per quella notte. Fu subito accontentato, quel posto era praticamente quasi vuoto. Salì al primo piano, infilò la chiave nella toppa della serratura, e gettò a terra lo zaino, sentendosi ormai senza forze. La finestra era socchiusa, e la tenda si muoveva per il vento leggero, le bianche lenzuola erano particolarmente invitanti, per le sue membra stanche. Ma decise che una doccia veloce era quello che ci voleva per riacquistare un po' di lucidità. Si spogliò velocemente, e aprì il rubinetto dell'acqua calda, e quel tepore cominciò a fare effetto. Avrebbe voluto rilassarsi, ma era impossibile riuscirci, mille pensieri, e mille domande si affacciavano con insistenza nella sua mente. Si sentiva confuso, si trovava lì, a mille miglia da casa, con un quadro di inestimabile valore a poca distanza, e con le immagini di tutte quelle persone che si sovrapponevano davanti ai suoi occhi. Manuel, Luna, il piccolo Pedro, Giulia, Valter, i suoi genitori. Tutta la sua vita scorreva davanti a lui, come una pellicola che si riavvolge velocemente, senza dargli la possibilità di fermare i punti che gli interessavano di più. E soprattutto dandogli una profonda inquietudine.

Perché si trovava lì? E perché si era fatto coinvolgere in

126

quella strana avventura? E la cosa più sbalorditiva era che quel quadro esisteva veramente, era lì, a portata di mano, ma lui non poteva farci nulla. Aveva letto lo sguardo di quell'uomo, Manuel, e non aveva dubbi. Non si sarebbe mai lasciato convincere, la sua esistenza era legata a doppio filo a quella tela, il ricordo di sua moglie era vivo come se fosse appena scomparsa.

Eppure quelle donne del quadro gli sembrava che avessero qualcosa di familiare, una in particolare, si muoveva con una dolcezza e forza allo stesso tempo che sembrava già aver visto nel portamento di qualcuno che conosceva. Ma ora basta, la stanchezza gli stava giocando brutti scherzi, e la sua mente probabilmente cominciava a vacillare. Si avventurava in congetture senza senso, completamente prive di fondamento, e ora avrebbe fatto meglio a rivestirsi, mangiare qualcosa e andare a dormire. Prese dallo zaino il panino che aveva comprato al market, e uscì a mangiarlo fuori al balcone, l'aria fresca della sera gli era sempre piaciuta. Il cielo era un manto stellato, e si stupì ancora una volta di tutta quella calma, forse era per questo che la gente di quel posto sembrava accettare con rassegnazione tutto quello che succedeva, perché quella tranquillità penetrava attraverso lo sguardo, la pelle, il naso, e la respiravi e la vedevi ovunque, e ti avvolgeva, regalandoti un'emozione sempre nuova. E tutto quello che avevi appena vissuto, acquistava dei contorni più sbiaditi, come se tutta l'ansia si sciogliesse come neve al sole, e improvvisamente diventasse meno pulsante, e il respiro che prima era affannoso, riacquistava finalmente il suo ritmo regolare, facendoti ritornare alla tua vita di sempre, come se nulla fosse successo. Ma lui sapeva bene che non era così.

La mattina dopo si svegliò a pezzi. Si sentiva ancora più intorpidito della sera precedente, e non riusciva a riacquistare la calma. Si guardò allo specchio, e vide un uomo fallito. Sapeva bene cosa stava accadendo dentro di sé. Aveva lasciato andare tutte le persone che gli erano più care.

Giulia, l'unica donna che lo amava veramente, Stefano, il suo migliore amico, Valter, il socio che si occupava di tutto e che lui non chiamava mai. E poi Luna, che aveva un disperato bisogno di aiuto, e il piccolo Pedro, che gli aveva stretto forte la mano, e lo aveva guardato con i suoi grandi occhi scuri, carichi di speranza. E ora era solo, in quella piccola stanza d'albergo, a mille miglia da casa, e tutta l'euforia che lo aveva accompagnato durante il viaggio di andata era completamente svanita. La sua sete di successo, di gloria, il suo bisogno di continui traguardi da raggiungere, e il sogno della scoperta di un'opera d'arte di valore. Sarebbe stato il suo fiore all'occhiello, avrebbe visto il suo nome sulle pagine dei giornali. Non era da tutti trovare un quadro di quella importanza, e portarlo nella propria casa d'aste con il suo legittimo proprietario. Ma i suoi sogni erano svaniti, si erano scontrati con qualcosa di cui non aveva tenuto conto. Pensava di trovarsi a che fare con qualcuno che sarebbe stato ben lieto di poter avere una tale opportunità di guadagno che lui gli avrebbe offerto ben volentieri, guadagnando anche lui soldi e fama. Ma in quell'isola aveva trovato qualcosa che andava aldilà dei soldi: la fierezza e la forza dei sentimenti.

Quel quadro per quell'uomo, rappresentava l'amore della sua vita, e ora che era rimasto solo, era l'unica cosa che lo teneva legato a quel dolce ricordo. E non ci si può disfare di un amore così grande, quando nelle nostre mani abbiamo solo quello. Luca non aveva mai provato niente di simile, e difronte a tanta forza si sentiva inutile. Camminava lentamente nella stanza, e si sentiva svuotato, privo dei suoi naturali punti di riferimento. Come un bambino che voleva a ogni costo un giocattolo, e poi la sua mamma gli fa notare che intorno a lui ci sono cose molto più belle. E si sente disorientato, ha bisogno in qualche modo di riorganizzare le proprie idee. Uscì fuori al balcone per guardare ancora una volta il mare difronte a lui. Una sensazione di benessere mista ad una profonda tristezza lo invase, sentiva tutta la malinconia che ci offre la perdita di qualcosa di caro. Gli

128

piombava addosso all'improvviso, per la prima volta, e gli faceva male. Si era già ferito in passato da piccolo, ma aveva reagito bene a tutta la freddezza e l'indifferenza che lo circondava. Ma ora no, era diverso, era lui a sentirsi in colpa, per essersi comportato come in fondo gli era stato insegnato, nessuno gli aveva fatto conoscere la forza e la fierezza dei sentimenti. E ora invece lo avevano investito come un fiume in piena. Rimase ancora un po' così, accarezzando i suoi pensieri, e guardando quell'oceano laggiù, in tutta la sua maestosa bellezza, e riempiendosi gli occhi di quell'azzurro profondo, che difficilmente avrebbe ritrovato in altri posti, e poi finalmente decise di muoversi. I minuti passavano e lui doveva mettersi in viaggio per ritornare in Italia, e prima sarebbe andato a salutare Manuel per l'ultima volta. Prese lo zaino da terra, le chiavi della stanza, e si avviò alla porta. Si fermò un attimo, a guardarla, e poi la rinchiuse, e scese la rampa di scale che lo conduceva giù nella hall.

Salutò il giovane dominicano e si diresse all'auto che era a pochi passi da lì, gli faceva piacere rivedere Manuel per l'ultima volta, avrebbe conservato un bel ricordo di quell'uomo. Percorse quel breve tragitto senza pensare a nulla, cercava di tenere la sua mente sgombra da tutto. Dopo il lungo rettilineo costeggiato dagli alberi cominciò a intravedere la spiaggia. Il mare era calmo, e la sabbia di un bianco abbagliante era ricoperta di rami spezzati, lunghe foglie verdi, e pezzi di legno scuro che la furia del vento aveva staccato dalle piccole costruzioni lungo la costa. Mucchi di sedie rotte erano sparsi un po' ovunque. Già qualcuno aveva provveduto a fare un po' di pulizia sul litorale, ma nei giorni seguenti ci sarebbe voluto un grosso lavoro per ripulire tutto. Un bel po' di persone provviste di bidoni cercavano di raccogliere tutto quello che trovavano, e anche alcuni bambini si divertivano ad aiutare i grandi. Il vociare lo fece ritornare improvvisamente alla realtà, doveva scuotersi, reagire, e ritornare alla sua vita di sempre, non c'era altra scelta. Parcheggiò l'auto e si diresse alla porta della piccola villa di Manuel. Suonò il campanello, e l'uomo gli aprì dopo pochi istanti. "Entra ti stavo aspettando. Mi fa piacere che sei qui, e non sono uno che fa troppi convenevoli." I due sorrisero e si strinsero la mano. "Vieni ho ripulito il patio da tutta l'immondizia che c'era, fare colazione lì la mattina e per me il momento più bello della mia giornata, mi fa sentire ancora un uomo fortunato."

Attraversarono la stanza e si diressero fuori. Un tavolo di legno chiaro era ricoperto da una tovaglia colorata, e una brocca di thè era poggiata vicino a due vassoi pieni di frutta fresca e secca. Ai lati due tazze con dei piattini pieni di piccoli biscotti alle mandorle e al cacao, profumavano di cannella. E sullo sfondo proprio difronte a loro l'azzurro intenso del mare che era illuminato dalla luce accecante del sole. Il bianco della spiaggia rendeva tutto ancora più luminoso e invitante.

"Hai ragione, svegliarsi qui la mattina è davvero un privilegio." Luca guardò l'orizzonte, e il dolce rumore dell'acqua, gli sembrava impossibile che la furia del giorno precedente, avesse ceduto il posto ad una tale calma. Si lascio assorbire da tutta quella bellezza, e respirò profondamente. La vita continuava per tutti, e lui da quel momento avrebbe cercato di rimediare agli errori commessi, e guardare le persone con occhi diversi. Quel viaggio, in ogni caso gli stava offrendo una nuova opportunità, e ancora una volta pensò tra sé che dobbiamo essere bravi a cogliere i segnali che l'universo intorno a noi ci manda in continuazione. La natura in evoluzione ci coinvolge nostro malgrado, e a noi non resta altro che saper approfittare delle occasioni che ci vengono offerte davanti agli occhi, e che tante persone nella loro cecità e chiusura non riescono nemmeno a scorgere. Ricordò una frase che gli aveva detto Stefano, anni addietro: "Solo un cervello malleabile e accorto può avere la giusta sensibilità nel saper cogliere le sfumature. Tutti gli altri si accorgeranno solo dei colori più forti." E così era stato, quando si era allontanato da lui, senza che nessuno glielo avesse chiesto, e forse avrebbe potuto fare qualcosa per convincerlo in

130

qualche modo a restare. Ma in quegli anni lui era affascinato solo dai colori forti, tutto il resto non aveva valore. All'improvviso si scosse dai suoi pensieri, si rese conto che Manuel lo guardava in silenzio, senza fretta. Gli concedeva tutto il tempo per meditare, e per ricordare, quell'uomo doveva avere una grande esperienza. Poi finalmente ruppe quel silenzio. "Sai Luca, nella mia vita ho conosciuto un mucchio di persone, ho girato per anni, per le spiagge, fermandomi a parlare con chiunque, senza fare distinzioni. E più lo facevo, più mi incuriosiva il genere umano. Ho conosciuto artisti, filosofi, commercianti, imprenditori, le donne mi fermavano in continuazione, e dopo un po' che gli mostravo i miei gioielli, cominciavano a raccontarmi della loro vita. E sono diventato amico di tante persone. A volte per parecchio tempo, qualcuno si fermava qui a vivere, per un po'. Molti rimanevano affascinati da questi luoghi, e io ero ben fiero di mostrare loro le cose più belle, i posti più suggestivi. Ho imparato tanto, e anch'io ho cercato di regalare qualcosa di mio, a tutti quelli che conoscevo. Sono stato un uomo molto fortunato, forse pochi hanno avuto una vita così piena come la mia. Ma poi succede che la felicità che hai, a volte viene infranta da qualcosa che ti lascia senza fiato, e così è stato. Ho conosciuto una donna meravigliosa, si chiamava Sophie, e mi ha sempre meravigliato il suo nome, ma lei aveva degli antenati francesi. Era bellissima e dolce come il suo nome, ed era quello che di più caro avessi al mondo. L'avevo conosciuta per caso, e ricordo ancora quella mattina. Non mi trovavo qui, ma a diverse miglia, lungo la spiaggia di Cabarete. Mi ero fermato in quei posti, perché erano pieni di turisti, e avevo con me un mucchio di collane e bracciali che avevo confezionato nelle settimane precedenti. Un amico mi aveva fornito di ambre e coralli grezzi meravigliosi, e ne erano usciti dei pezzi davvero notevoli. Così armato di sorriso, e della mia naturale pazienza, avevo cominciato a girare per la spiaggia. Molti sapevano che avevo anche una piccola bottega che aprivo la sera, ma sotto agli ombrelloni si vendeva molto di più, e gli affari andavano bene. Poi mentre stavo chiacchierando con una signora tedesca, cercando di farmi capire con quel po' di inglese che avevo imparato, mi chiamò dalla riva un caro amico dominicano che avevo conosciuto in città, a Santo Domingo.

Mi avvicinai per salutarlo, e vidi che era in compagnia con altre persone, e fra queste c'era lei, Sophie. Rimasi senza parole, non mi era mai successo prima, eppure tutti mi conoscevano per essere uno molto spigliato e dalla lingua lunga. Ma fu più forte di me. Quella donna sorrideva e chiacchierava con un'amica, ma sapeva che la stavo guardando, e io sapevo che ne era contenta. E così la mia vita cambiò, anche se continuavo a girare per le spiagge non vedevo l'ora di stare con lei, di raccontarle quello che avevo fatto, e di poter finalmente condividere con qualcuno tutti i miei sentimenti, le mie paure, le mie gioie. Fu naturale per noi scambiarci il nostro amore, e decidere di vivere insieme. Lei pur essendo giovane era già stata sposata con un uomo francese, che poi era morto in un pauroso incidente, ed era rimasta sola. Un grande trauma, che in qualche modo le era rimasto cucito addosso, e che riaffiorava a volte sul suo viso, facendola cadere in una velata malinconia. Si erano conosciuti poco più che adolescenti in un villaggio di francesi verso Puerto Plata, lui era più grande di lei, ma ne era rimasto affascinato. E così si sposarono, e il padre di lei si rassicurò, data la giovane età della ragazza. E andarono a vivere insieme in una bella villa di proprietà del francese. Era lui che era in possesso del Gauguin, ma non ne parlava con nessuno, non voleva che si spargesse la notizia nell'isola. Voleva rimanere tranquillo, senza troppo clamore, perché non sapeva ancora cosa fare. Il dipinto era stato regalato dallo stesso pittore al bisnonno di quell'uomo, che era diventato in pochi mesi, molto legato a Gauguin. Pare che lo avesse soccorso in mare e riportato a riva, in una giornata particolarmente tempestosa. Penso che anche tu ne abbia avuto un assaggio vero? Sai cosa succede da queste parti, quando c'è cattivo tempo..." Luca sorrise, e gli venne un brivido, ripensando al giorno precedente, aveva avuto davvero paura. Per un attimo quella casa gli era sembrata fragile come una costruzione di sabbia che un colpo di vento può spazzare via e distruggere in pochissimo tempo, e loro non avrebbero avuto scampo, poi per fortuna quella furia così come si stava avvicinando, si era allontanata, facendoli ritornare alla vita. "Ci misi un po' di tempo per farle mettere da parte quel dolore così forte che aveva subito, non era stato facile per lei ricominciare daccapo. Aveva trovato lavoro in un negozio di abbigliamento a Puerto Plata, e viveva in una piccola casa in città, perché aveva preferito vendere la villa, e mettere da parte i soldi. Quell'abitazione suscitava in lei troppi ricordi. Quando andammo a vivere insieme mi parlò del quadro, e del legame affettivo che aveva fatto sì che rimanesse custodito nella famiglia di quell'uomo in tutti quegli anni. E così anche noi lo tenemmo in casa, pensando che poi in seguito avremmo sempre potuto venderlo, se avessimo avuto una buona opportunità. Ma purtroppo non ne abbiamo avuto il tempo. Lei se ne è andata troppo presto." Luca rimase in silenzio e Manuel sembrava ritornare indietro nel tempo accarezzando con la mente il suo passato, poi finalmente sembrò come risvegliarsi da un lungo sonno. "Ma forza facciamo colazione, non ti ho fatto venire qui per farti venire la tristezza, ma per farti godere questa bella mattinata prima di ritornare in città!" E così gustarono con piacere i buoni biscotti che il dominicano aveva imparato a fare da solo, con il cacao e la cannella, il thè freddo, e la frutta fresca. Luca sgranocchiava una mandorla, mentre era assorto nei suoi pensieri. Tra poco avrebbe lasciato quell'uomo, e si sarebbe definitivamente lasciata alle spalle quell'avventura. Eppure c'era qualcosa che lo turbava, qualcosa che lo lasciava incerto. Come se quel viaggio fosse incompleto, e ci fosse ancora qualche sorpresa che gli riservava il futuro. Non sapeva darsene una spiegazione, eppure era costretto a rassegnarsi, tra poco sarebbe partito da lì, e sarebbe cominciato il suo viaggio di rientro in Italia. Però c'era una cosa che aveva ancora una volta voglia di fare, rivedere il dipinto. "Manuel, se ti chiedessi di vedere il quadro per l'ultima volta?" "Ma certo, non c'è problema, vieni, andiamo di sopra." Salirono su per le scale, e Luca sentì di nuovo quell'emozione che aveva vissuto la prima volta che lo aveva visto. Aprirono la porta, e se lo trovarono davanti in tutta la sua bellezza. La luce del sole entrava dalla finestra socchiusa, e rischiarava la figura posta al centro del quadro. Una delle giovani danzatrici. Il suo sguardo era dolce e fiero allo stesso tempo, e lui sembrava essere completamente assorbito da quella visione, non riusciva a staccare gli occhi da lì. Ora sapeva perfettamente cosa lo affascinava, era lei Luna, le somigliava molto. Quella giovane aveva le sue sembianze, anche se la cosa era abbastanza ovvia. Gli era capitato spesso di girarsi per strada, vedendo qualche donna che le somigliava, e sperando che fosse proprio lei, ma ogni volta era rimasto deluso. Ora si rendeva conto che avrebbe fatto chissà cosa, per poterla rivedere. "Sai, ti stavo osservando. Sei completamente preso da questo quadro, quasi come sé avesse qualcosa che appartiene anche a te. Ogni volta che lo vedo, si rinnova il mio dolore, e non solo per la perdita di mia moglie, ma anche per quella di mia figlia." Luca trasalì a queste parole inaspettate. "Ma non mi avevi detto di avere una figlia." "Si, è vero non ne parlo volentieri, perché è come se l'avessi persa quattro anni fa. Lei conobbe un uomo, che a me non piaceva per niente. Era rissoso, e alzava spesso la voce, ma se ne invaghì, e così andarono a vivere insieme. Lei adorava dipingere, aveva preso questa passione dalla madre, ma era molto più brava. E così cominciò a vendere i suoi quadri, lì a Puerto Plata. Non gli avevo mai detto del Gauguin, non mi fidavo di lui, anche se per lei lo avrei venduto, per assicurarle un futuro migliore, ma non sapevo come fare. fu proprio in quel periodo che conobbi Mister Colemann, e sperai che lui mi avesse aiutato, ma non fu così, se ne andò, e io capii che per me sarebbe

134

stato molto difficile trovare una soluzione. Poi avvenne l'irreparabile, una sera vennero a cena da me, e lui entrò dalla porta con la sua solita aria arrogante, dicendomi che non avevano molti soldi, e dovevo essere io a provvedere a loro. Era stato mandato via dal suo posto di lavoro. Mia figlia aveva gli occhi lucidi di pianto, e io non ci vidi più. Stava soffrendo per colpa di quel bastardo, e io ero impotente. Lo assalii con una sfilza di urla, e lui cominciò a urlare ancora più forte, poi mi disse che se ne sarebbero andati a vivere lontano, e non mi avrebbe fatto più rivedere mia figlia, e così è stato. Da quel momento è cominciato il mio isolamento, decisi di venire a vivere qui, lontano da tutti, perché ormai la mia vita non aveva più senso.

Avevo perso la mia meravigliosa figlia, e non mi sono dato pace per questo, quell'uomo le ha impedito, minacciandola, di farmi sapere dove sarebbero andati a vivere, e io sono rimasto qui, completamente inerte, con i sensi di colpa che non mi abbandonano mai, in ogni momento della mia giornata. Non mi resta altro che aspettare la morte, quando finalmente potrò avere un po' di pace." Luca non sapeva cosa dire, quel racconto lo aveva colpito profondamente, e provava tenerezza per quell'uomo solo, avrebbe fatto volentieri qualcosa per lui, ma non sapeva come. Lo guardò in silenzio, senza dire nulla, e rimasero così, ancora per un po', a contemplare il dipinto, ognuno di loro, immerso nei propri pensieri. Ci sono emozioni che ti prendono completamente, ti avvolgono con la loro forza, e ti stringono forte, come per non lasciarti respirare. E tu se lì, inerme, aspettando che succeda qualcosa. Ma non accade nulla, e cominci a pensare che la tua vita non è lì, in quella stanza, anche se vorresti che fosse così, perché non ce la fai a staccarti da quello che hai davanti, perché in quel momento è l'unica cosa che ti appaga, che ti fa sentire di essere nel posto giusto. Era questo, quello che provava Luca in quel momento, sapeva di dover andare via, di dover lasciare quei luoghi, perché c'era un'altra vita che lo stava aspettando, ma avrebbe voluto che

135

non fosse così. Tutto questo per lui aveva il sapore di una rinuncia, di un'attesa inutile, di una sconfitta. Ma non c'era alternativa, doveva salutare quell'uomo, e tornare a casa. "Manuel, è arrivata l'ora di andare via, devo tornare in albergo, fare i bagagli e ritornare a Puerto Plata. Penso che è arrivata l'ora di doverci salutare." I due si strinsero la mano senza parlare, e quel silenzio pesava più di mille parole. C'era una vibrazione nell'aria, che percepivi con una forza e un calore che si diffondevano ovunque, e facevano respirare e battere il cuore sempre più forte. "Addio caro amico, porterò nel mio animo il ricordo della tua presenza qui, su questa spiaggia.

Ti auguro buon viaggio, e una vita felice. Abbi cura di te."

Capitolo 16

Respirò forte quando uscì da quella casa, e si guardò intorno, come se si stesse svegliando proprio in quel momento, come se tutto quello che era accaduto, non fosse altro che un lungo sogno, che aveva lasciato una forte impronta nella sua mente. Ma non era così, e lo sapeva bene. Doveva scuotersi, e organizzarsi per il rientro. Calcolò che era ormai ora di pranzo, e forse avrebbe fatto meglio a pranzare lì, in qualche posto, e poi mettersi in viaggio nel primo pomeriggio. Il tempo era bello, e in tre quattro ore sarebbe arrivato a destinazione. Poi sarebbe ritornato a Punta Cana il giorno dopo, e si sarebbe informato dei voli diretti per Milano. Tanto valeva fare le cose con calma, alla casa d'aste era tutto organizzato, e sotto controllo, non aveva senso darsi pena per anticipare il rientro. Era abituato da sempre a pianificare tutto, ed anche ora sentiva la necessità di mettere un po' d'ordine nella sua esistenza. Così si diresse verso la macchina, aprì lo sportello e mise in moto. Percorse il lungo viale di accesso che conduceva verso il centro del paese, e si allontanò dalla casa di Manuel.
Arrivato alla fine della stretta stradina, si trovò al bivio che dava accesso alla più ampia carreggiata che conduceva verso il paese. Stava per proseguire dritto, quando all'improvviso decise di girare a sinistra, verso la lunga stradina di ciottoli bianchi che costeggiava la spiaggia. Il sole era alto nel cielo, e un leggero vento di mare faceva muovere le foglie più alte della fitta vegetazione che cresceva rigogliosa ai lati della strada. Sentiva crescere dentro di lui il desiderio di scendere un'ultima volta in spiaggia, camminare a piedi nudi su quella terra fatta di soffice polvere bianca. Era consapevole che il suo in quel momento era un desiderio infantile. Ma si convinse che non avrebbe cambiato di molto i suoi piani, e fare un bagno in quel mare di un turchese brillante lo avrebbe fatto stare senz'altro meglio in quel momento. E poi fare una lunga nuotata lo

avrebbe aiutato a scaricare tutta la tensione che aveva accumulato in quei giorni. Proseguì ancora per un po', cercando un varco tra quel fogliame, quando improvvisamente vide una tartaruga che camminava lenta sulla strada, proseguendo dritta. "Poveretta, deve aver perso l'orientamento, se non la porto a mare, morirà di calore tra poco, quando questa strada diventerà bollente!" Scese dalla macchina e la prese con delicatezza, la poggiò a terra, ai piedi dei sedili posteriori, e si diresse verso il varco che aveva visto un po' più avanti, e svoltò a sinistra, parcheggiando un poco dopo, appena vide uno slargo. "Dai piccola adesso ti poggio sulla sabbia, lo vedi il mare laggiù, non ti puoi confondere è talmente azzurro! È lì che devi andare!" E così ridendo, si mise a contemplare la lenta passeggiata dell'animaletto verso la sua salvezza, poi appena si rese conto che le sue zampe erano ormai nell'acqua, gettò a terra lo zaino, si tolse la maglietta e corse verso le onde, sentendo sotto i suoi piedi la soffice carezza di quella sabbia sottile, bianca come borotalco, e con gli occhi chiusi si tuffò nel mare, e cominciò a nuotare verso il largo, senza pensare più a niente.

Non sapeva quanto tempo era trascorso, e quante bracciate aveva fatto, quando decise di fermarsi, e girarsi indietro, verso la costa. "Accidenti, mi sono allontanato parecchio, è meglio che ritorni a riva, questo mare è splendido, ma si possono fare brutti incontri." E così, lentamente, dopo aver sfogato tutta l'inquietudine che era in lui, nuotò lentamente verso riva, questa volta godendo fino in fondo di quello spettacolo meraviglioso che aveva davanti ai suoi occhi. Il blu profondo diventava sempre più chiaro, fino ad assumere tutte le sfumature dell'azzurro, e diventare un celeste cristallo nei pressi della riva. La sabbia illuminata dal sole, faceva sembrare il verde della vegetazione ancora più carico di colore, e gli uccelli volavano liberi e padroni assoluti del cielo. Appena sentì la terra sotto i piedi si buttò steso sulla sabbia, e chiuse gli occhi, sentendo il calore salire finalmente in tutto il corpo, che si era infreddolito con il freddo dell'oceano. Stava quasi per addormentarsi, quando all'improvviso sentì la voce di un uomo che lo chiamava. "Ehi, segnor, tu devi essere Luca, l'amico di Manuel, ieri sera mi ha parlato di te." Aprì gli occhi, e vide il viso di un simpatico dominicano di mezza età, che portava uno zaino gonfio, e una nassa piena di pesci. "Si sono io, e lei?" "Sono Pablo, abito vicino Manuel, e gli ho insegnato a coltivare la terra, quando è arrivato qui, sapeva solo pescare, ma la terra è altrettanto importante." "Sicuramente, sono d'accordo con te, allora piacere di fare la tua conoscenza." "Ti ho svegliato credo, ma volevo essere sicuro che stessi bene, e il sole qui gioca brutti scherzi a chi non è abituato." "No, tranquillo, sto benissimo, avevo solo voglia di riposare un po'. Quindi tu lo conosci bene Manuel?" "Abbastanza, ma vedi, io sono abituato a non fare troppe domande, vivo alla giornata, e se qualcuno ha voglia di raccontarmi la sua storia lo ascolto con piacere, ma niente di più. Ho imparato con gli anni ad ascoltare, e non giudicare, e cercare di vivere in pace con sé stessi, e con il mondo." "Hai ragione, è la cosa migliore, anche se proprio Manuel, ha molto da raccontare, non deve aver avuto una vita facile, e poi ha subito due traumi, la morte della moglie, e il distacco dall'unica figlia che aveva." "Caro amico, chi di noi non ha dispiaceri? Tutti più o meno abbiamo perso qualcuno, anche se quando questo avviene improvvisamente diventa particolarmente doloroso. Si è vero, deve aver sofferto molto." "E tu perché sei qui? Stai scappando da qualcosa, o sei in viaggio di piacere? Manuel mi ha detto solo che ti ha conosciuto sulla spiaggia, e ti ha ospitato in casa, finchè non è andata via la tempesta." Luca rimase un po' in silenzio, cercando di raccogliere i suoi pensieri, e di dare una risposta concreta a quell'uomo, ma forse era ancora curioso di sapere qualcosa in più di Manuel, e Pablo era la persona adatta per soddisfare la sua curiosità. "Avevo bisogno di concedermi una vacanza, e credo di non aver sbagliato, questo è uno dei posti più belli che abbia mai visto. Manuel mi ha raccontato che lui è arrivato qui da pochi anni, perché prima viveva a Puerto Plata. Penso che gli piaccia vivere qui." "Si, anche se lui è un uomo di poche parole, ma apprezza molto le mie grigliate di pesce, oltre che la mia verdura, e spesso andiamo insieme a pesca, il mare qui offre molto, e ne vale la pena!" "Si, è vero, ho avuto modo di apprezzare anch'io delle ottime grigliate a Puerto Plata, ma tu hai conosciuto anche sua figlia?" "No amico mio, vedo che sei abbastanza curioso, ma io non sono la persona adatta a dare una risposta alle tue domande, credo che tu ne abbia molte, e la storia che mi hai raccontato della vacanza, nasconde forse qualcos'altro. Ma non preoccuparti, non voglio sapere di più, sto cercando solo di dirti che sono abbastanza vecchio per non riuscire a capire cosa c'è nell'animo di un uomo." "Scusami, hai ragione tu, si c'è qualcos'altro che ha a che fare proprio con Manuel, ma non posso dirtelo. E non volevo offenderti, o prendermi gioco di te, ho solo bisogno di chiarezza, o forse non mi voglio rendere conto, che quello che avevo in mente non si avvererà mai, e cerco in qualche modo di trovare una strada, ma devo rassegnarmi, e tornarmene in Italia. Tra poco partirò, e cercherò di dimenticare questa avventura che ho vissuto." Pablo si sedette accanto a lui sulla sabbia, quello straniero gli piaceva, anche se non riusciva a capire cosa aveva dentro, e forse avrebbe voluto aiutarlo in qualche modo, ma non sapeva assolutamente cosa fare. "Vedi, il mio amico Manuel, è venuto qui per scappare dai suoi fantasmi, e finalmente ha trovato un po' di pace, credo che ne abbia il diritto." "Si, hai ragione, io non ho figli, e dopo quello che ha vissuto lui, veder andare via anche l'unica figlia che aveva deve essere stato terribile." "Esatto, è questo il punto, un figlio è la cosa che ami di più al mondo, e poi Luna gli ricorda moltissimo la donna che ha perso." "Luca sentì una scossa che attraversò il suo corpo, come una corrente elettrica che lo fece sobbalzare, spalancò gli occhi, e fissava

140

il dominicano che non capiva, e lo guardava sbalordito. Non sapeva cosa c'era nelle mente di quell'uomo, sembrava come se gli avesse appena detto qualcosa di terribile. Dalla bocca di Luca non usciva alcun suono, e cosa avrebbe potuto dire? Era come se l'universo intero avesse contribuito a farlo arrivare lì, su quella spiaggia. Aveva la sensazione che una mano enorme avesse gettato alla rinfusa su questa terra i pezzi di un mosaico, tante piccole tessere colorate, che si erano sparse un po' ovunque, senza un ordine preciso. E poi, lentamente, quel puzzle si stava ricomponendo un po' alla volta, e tutti quei pezzetti cominciavano a vedere la loro giusta collocazione, anche se non era per niente facile. Era mai possibile che la figlia di Manuel, fosse la stessa persona che aveva conosciuto appena era arrivato a Santo Domingo? No, probabilmente quello doveva essere un nome molto comune in quei luoghi, e poi lui non aveva detto di avere dei nipoti, aveva solo parlato di una figlia. Ancora una volta la sua immaginazione stava correndo, e gli faceva sperare di avere ancora un motivo per rimanere lì. Ora non doveva fare altro che rassicurare quell'uomo, e decidersi a partire, era l'unica cosa sensata, in quel momento. Rivide all'improvviso tutti i momenti del suo viaggio, e gli sembrava di ripercorrere le scene di un film, dalla partenza, alle persone che aveva conosciuto durante la sua permanenza. La sua città, Milano gli apparivano lontane, e come appartenenti ad un'altra vita, ad un'altra persona, e la sua casa d'aste, Stefano, Giulia, la sua famiglia, assumevano contorni sfuocati, e quella spiaggia, quei colori, quel profumo di mare, avevano il potere di assorbirlo completamente, di farlo sentire vivo, come non gli era mai successo prima. Cosa doveva fare ora? Una parte di sé gli suggeriva di indagare, di capire chi fosse la figlia di Manuel, e che fine aveva fatto. Ma qualcosa lo invogliava a lasciar perdere, a convincersi finalmente che doveva lasciare tutto e andarsene, che stava rincorrendo un sogno impossibile, appunto un sogno...Il cuore cominciò a battere più forte, e il

141

suo respiro diventò più affannoso, e quella domanda rimbombava nella sua mente, e voleva a tutti i costi uscire dalle sue labbra, doveva sapere, non poteva fermarsi proprio ora, doveva andare fino in fondo, non aveva scelta. "Come si chiama il figlio di Luna?" Pablo si girò verso Luca, e lo fissò in volto, i suoi lineamenti erano contratti, quell'uomo stava soffrendo per la smania di sapere, c'era come una febbre in lui, che non gli dava scampo, non riusciva a pensare ad altro, e sembrava che la sua vita fosse stranamente legata alla storia del suo caro amico. Non riusciva a comprendere cosa volesse da lui, ma sicuramente non era cattivo, le sue intenzioni erano buone, sentiva solo la sua ansia in quel momento, e la sua ossessione. "Mi dispiace non posso esserti di aiuto, Manuel non ama parlare del suo passato, e io non gli ho mai fatto domande, ti ho già detto tutto quello che so." "Hai ragione, perdonami, sono io che ne faccio troppe, tu sei stato molto gentile, penso che a questo punto, non mi resta altro che partire, e ritornare alla mia vita in città. Grazie di tutto, ricorderò per sempre questi momenti, e questi posti meravigliosi, un pezzetto di me ormai è rimasto su questa terra, su questa spiaggia, e mi ha reso felice, spero di poterci ritornare un giorno." I due si alzarono in piedi, e Luca gli strinse la mano, e il suo sguardo si allontanò in quell'ultimo istante verso quel mare turchese, e quella lunga lingua di sabbia bianca, ed un senso di pace invase finalmente il suo cuore. Doveva andare via, il suo posto non era lì, doveva lasciare dove erano i fantasmi che voleva a tutti i costi far tornare alla luce, nelle vite di quelle persone, ma forse tutto questo era sbagliato, non aveva il diritto di invadere prepotentemente le storie e le sofferenze altrui. Prese da terra lo zaino, voltò le spalle a quel mare, e si avviò verso lo stretto sentiero che conduceva alla sua auto. I suoi piedi calpestavano quelle piccole pietre bianche, i ciottoli man mano diventavano sempre più grossi, e si lasciavano accarezzare dalle grosse e doppie foglie che ricadevano mollemente sul selciato. Il sole ormai era una tonda palla di fuoco arancione. Era così in quei posti, il tramonto sembrava durare in eterno, le ore trascorrevano lente, e il giorno non voleva lasciare spazio alla notte, come se la luce e il calore, volessero durare in eterno, e le stelle della notte facessero fatica ad emergere, con tutta quella luce e quel calore. Le ombre iniziavano ad allungarsi, e una luce ramata si diffondeva lentamente su tutto, donando ad ogni cosa profondi riflessi di oro antico.

Luca salì in macchina, fece inversione e cominciò a percorrere a ritroso la strada che aveva fatto durante la mattinata, ormai era quasi vicino al bivio che lo avrebbe condotto in albergo, avrebbe preso le sue cose, e proseguito dritto, verso Puerto Plata. Vide da lontano l'incrocio, e le indicazioni che aveva scorto il primo giorno in cui era arrivato lì, fece per girare a sinistra, ma si rese conto che c'era qualcosa che glielo stava impedendo, iniziò ad innervosirsi, e piccole goccioline di sudore scendevano sulla sua fronte. Quella forza misteriosa che lo aveva condotto fin là, si era palesata di nuovo, e gli suggeriva di aspettare, di non andarsene, di ritornare in quella casa, di non lasciare quei posti, di parlare di nuovo con Manuel. Ma perché, gli stava succedendo tutto questo? Perché la sua vita voleva ad ogni costo intrecciarsi con quella delle persone di quel posto? Non riusciva a darsene una spiegazione. Sentiva crescere la rabbia dentro di sé, ma ancora una volta non aveva scelta, doveva andare fino in fondo, e finalmente si decise. Arrivato al bivio girò a destra, e vide di nuovo il mare da lontano, e un po' più avanti l'ombra scura della casa di Manuel. Ma cosa gli avrebbe detto? E che faccia avrebbe fatto quell'uomo vedendolo di nuovo lì? Lo avrebbe saputo presto. Parcheggiò sui ciottoli, proprio dietro la casa del suo amico, e stava per dirigersi verso la porta, quando allungando lo sguardo verso il mare lo vide lì, seduto a riva, a fissare l'orizzonte lontano, e quella palla di fuoco che lentamente si tuffava in quelle acque che ormai erano diventate di un blu più intenso, e mille lucciole di rame si rincorrevano sulla sua superfice, gettando bagliori su tutto quello che c'era lì intorno, e piccoli pesci di tanto in tanto saltavano fuori, come attratti da quegli improvvisi guizzi di luce. A passi lenti si incamminò verso di lui, calpestando a piedi scalzi, quella soffice polvere bianca, ed il calore morbido che sentiva sotto le piante, gli regalò una sensazione di benessere che lo fece sentire più tranquillo. Era ormai quasi giunto alle sue spalle, quando vide il suo amico girare la testa e fissarlo. Una prima espressione di stupore, cedette velocemente il posto al sorriso che invase il suo viso, gli faceva piacere rivederlo, anche se non sapeva perché fosse di nuovo lì. "Ehi cosa ci fai ancora qui? Ormai ti facevo sulla strada verso Puerto Plata!" "Si vede che non riesco proprio ad andarmene via da qui, questi posti mi hanno letteralmente stregato." Rispose ridendo. Si sedette affianco a lui, e rimase per un po' a guardare l'oceano in silenzio. La spiaggia era vuota, e si sentiva solo il leggero rumore della risacca, e di tanto in tanto il verso di qualche uccello che volava alto nel cielo, come se in quella serata magica, volesse ascoltare i pensieri che scivolavano tranquilli sulla superfice piatta del mare. Nessuno dei due osava rompere quel silenzio carico di bellezza, ed anche il loro respiro accompagnava quel tramonto che dolcemente volgeva verso la sera. "Non sei convinto vero? C'è qualcosa che ti rende inquieto, perciò sei ancora qui." Luca girò lentamente il viso verso Manuel, ormai doveva parlare, chiedergli quello che aveva urgenza di sapere, non poteva più rimanere zitto, aveva bisogno di certezze. "C'è una cosa che vorrei sapere, come si chiama tuo nipote, forse ti sembrerà strana questa domanda, ma un motivo c'è, e per me è importante." Manuel aggrottò le sopracciglia, ma velocemente gli rispose. "Si chiama Pedro ed è la mia gioia, penso sempre a lui, e la mia più grande pena è non sapere dove sia." Luca chiuse gli occhi, e finalmente ebbe la risposta a tutti i suoi interrogativi, ora sapeva che doveva agire, che non poteva assolutamente abbandonare quei luoghi senza dover prima far incontrare quel padre e quella figlia che si amavano tanto, e che si erano allontanati per la cattiveria di quell'uomo che non aveva avuto nemmeno un attimo di esitazione nel separarli definitivamente. "Ho conosciuto Pedro a Santo Domingo, è un ragazzino splendido, molto legato alla mamma, che è una bravissima pittrice. Mi portò da lei, per farmi vedere i suoi quadri, e mi sono molto affezionato a lui, ed anche tua figlia è una dolcissima mamma di due bambini. Tu non lo puoi sapere, ma Luna ha avuto un altro bambino, si chiama Ramon e forse non avrà ancora un anno. Ma non possiamo aspettare, dobbiamo andare lì, suo marito è violento, e lei non sa cosa fare, dobbiamo assolutamente aiutarla. Non so come sia successo tutto questo, il mio viaggio, il mio incontro con Pedro, il fatto che lei sia tua figlia, c'è qualcosa di magico in tutti questi avvenimenti. Come la mia testardaggine a rimanere ancora qui, per cercare di sapere, di capire, o forse per avere una conferma di quello che il mio cuore conosceva già, ma che la mia ragione stentava a credere, come succede tutte le volte che la vita ti pone davanti qualcosa che non riesci a spiegarti, ma che fa parte di te, della tua esistenza. E allora vai avanti, perché il tuo istinto ti sta dicendo che fai la cosa giusta, anche se stai lasciando dietro di te tutto quello che hai costruito in questi anni, e che hai paura di perdere, o di veder frantumare in mille pezzi. Sono venuto fin qui per una tela di valore, per un capriccio che mi potevo permettere, per uno scopo preciso. Per dare ad essa la giusta visibilità. E poi ho conosciuto un bambino splendido, e la sua mamma, e dentro di me ho sempre pensato che non avrei voluto abbandonarli, anche se gli eventi facevano del tutto per farmi allontanare da loro. Ma quell'istinto è stato più forte, ha vinto lui, ed eccomi qui. Manuel ti scongiuro, andiamo da loro, hanno bisogno di aiuto, non possiamo lasciarli soli." Aveva parlato tutto di un fiato, senza fermarsi un attimo, mentre sul viso dell'amico prendevano posto le emozioni più svariate. Quella storia aveva dell'incredibile, eppure lui era lì, a conferma di tutto

145

quello che stava dicendo. Ed ora la possibilità di ritrovare sua figlia, di poterla riabbracciare si faceva finalmente concreta. Ma sarebbe stata disposta a riavvicinarsi? E suo marito cosa avrebbe fatto? Non poteva saperlo, ma doveva assolutamente tentare. Era l'ultima occasione che gli rimaneva per ricomporre la sua esistenza, per poterla finalmente vivere fino in fondo, cercando di dare a sua figlia e ai suoi nipoti tutto l'amore che il suo cuore custodiva da anni, e che non aveva mai potuto regalare loro. "Luca, facciamo presto, ti prego andiamo da loro, non so cosa ti abbia condotto fin qui, so solo che mi stai rendendo finalmente felice, Dio ti ringrazio."

Capitolo 17

I due uomini si accordarono subito. Manuel andò in casa per fare un bagaglio veloce, e Luca andò a prendere il suo in albergo. Decisero di partire quella sera stessa per Puerto Plata, avrebbero dormito lì, per poi partire la mattina dopo per Santo Domingo. Il viaggio non era lungo, costeggiarono il mare, e la sera regalava loro una gradevole frescura. Il cielo ai Caraibi era zeppo di stelle, e anche a quell'ora, all'imbrunire, facevano capolino, gettando guizzi di luce sulla superfice liscia del mare.

Luca ripensava al suo viaggio di andata, a quello che aveva rischiato, guidando con il ciclone alle sue spalle, e con il vento forte che faceva volare qualsiasi cosa lungo il percorso, e in cuor suo ringraziò Dio di essere salvo, e di essere riuscito ad arrivare fin lì, come se una mano amica lo avesse accompagnato, suggerendogli al momento giusto cosa dovesse fare. "Sai mi sento veramente emozionato, non vedo mia figlia da più di quattro anni, e tante volte sono stato tentato di fare qualcosa, di cercarla. Volevo regalarle il quadro di sua madre, quello che lei ha sempre visto, ma di cui non ha mai saputo nulla del suo reale valore. Ma poi avevo paura di suo marito, del fatto che lui se ne potesse appropriare strappandolo a lei, e non ho mai avuto il coraggio di agire. In tutti questi anni mi sono comportato da vigliacco." "Non fartene una colpa, quell'uomo l'ho visto, ed è un violento, e poi Luna non vuole che i suoi figli pensino male di lui, lo fa per proteggerli in qualche modo. Probabilmente spera che prima o poi lui possa cambiare, e riavvicinarsi, ma la cosa mi sembra alquanto difficile, quando saremo lì, vedremo cosa è successo in tutti questi giorni. Ora non ci pensare, stai per riabbracciare tua figlia, e questa è la cosa più importante." Sul viso del dominicano comparve un flebile sorriso, si stava avverando quello che aveva sempre sognato, ma ancora stentava a crederci, il suo animo era ancora invaso da tutta la tristezza accumulata in quegli anni, ed era difficile metterla da parte, ci sarebbe voluto del tempo.

La strada correva davanti a loro, come i loro pensieri, e il buio della sera contribuiva ad affievolire un po' tutta l'ansia che c'era nei loro animi, ora non restava altro che arrivare nella piccola cittadina, e prendere alloggio, il mattino dopo si sarebbero messi nuovamente in viaggio. Due uomini così distanti tra loro, si trovavano improvvisamente a condividere un pezzo della loro vita, e a portare dentro di sé una medesima speranza, quella di ridare la serenità ad una giovane donna e ai suoi figli, che avevano tanto sofferto, eppure si erano resi forti con il loro grande amore, e la loro incrollabile dignità. Era ciò che Luca aveva, fin dal primo momento, ammirato profondamente in quella famiglia. Ora finalmente li avrebbe rivisti.

Presero alloggio a Puerto Plata nell'albergo di Luca. Due camere al primo piano, con affaccio sull'oceano. Mangiarono una buona insalata mista con arrosto di carne nella piccola locanda a due passi da lì. E assaggiarono un po' della frutta fresca, che una sorridente ragazza dominicana aveva portato loro su un bel vassoio di ceramica, colorato a tinte forti. Nessuno dei due aveva una gran fame, erano troppo presi dal pensiero di ciò che sarebbe successo il giorno dopo. La luna lassù li guardava splendente, e sembrava quasi che volesse sorridere, per confortare con la sua luce i loro animi turbati. Il suo fascio d'argento si specchiava nell'acqua, e la sabbia nella penombra sembrava cenere sottile. Un vento caldo faceva muovere le foglie, e la luce filtrava regalando scintille chiare che si spargevano sui volti delle persone. Un lieve bagliore si poggiò sul viso di Manuel, facendo intravedere la ruga sottile sulla sua fronte color cioccolato. I suoi dolci occhi neri avevano un'espressione serena e impaurita allo stesso tempo, a testimonianza di quello che il suo cuore custodiva in quelle ore di attesa. Luca avrebbe voluto parlargli, e in qualche modo confortarlo, ma non riusciva a dire nulla, preso com'era dal suo animo confuso. Non riusciva a capire fino in fondo cosa voleva veramente. Non vedeva l'ora di rivedere Luna, sentiva verso quella donna qualcosa che era più di un semplice interesse, o di una tenerezza verso qualcuno in difficoltà. E allo stesso tempo ne era spaventato. A cosa avrebbe condotto tutto questo? E cosa avrebbe fatto quando l'avrebbe rivista? Ma soprattutto, cosa avrebbe fatto lei? Forse più di tutto era questo, quello che lo faceva sentire così incerto. Un po' alla volta aveva cominciato ad avere consapevolezza dei suoi sentimenti. Ma non sapeva nulla di lei. E probabilmente lo avrebbe semplicemente ringraziato per avergli riportato suo padre. Forse nella migliore delle ipotesi, lui sarebbe rimasto qualche giorno a Santo Domingo per aiutarli, e poi sarebbe andato via, per ritornare alla sua vita di sempre. Tutta quella avventura, sarebbe diventata solo un ricordo per lui. Un velo di malinconia invase il suo viso, e si concentrò sulla strada che aveva davanti, era l'unica cosa da fare in quel momento. "Ehi, non è il momento di essere tristi, domani saremo finalmente in città. Non so come ringraziarti, e vorrei fare qualcosa di importante per te. Sei l'uomo che mi sta ridando la serenità, e sono sicuro che anche mia figlia avrà per te una profonda gratitudine...e in cuor mio spero anche qualcosa in più." Quell'uomo ancora una volta aveva manifestato la capacità di leggere nei pensieri. Forse era una caratteristica dei dominicani. Abituati fin da piccoli a conoscere stranieri, e a sviluppare l'intuito necessario per carpire i loro desideri. Luca sorrise lievemente, e non sapendo cosa dire, semplicemente invitò l'amico a ritornare in albergo, per riposarsi, e poter affrontare, il giorno dopo, il viaggio che li avrebbe condotti a destinazione. Si incamminarono entrambi, con l'animo colmo di speranze, e ancora una volta la luna lassù, regalò loro un sorriso.

Capitolo 18

Il mattino dopo, si svegliarono di buon' ora, e con i bagagli
pronti, scesero nella sala per fare colazione. Luca sentì di
nuovo quel gradevole profumo di miele misto a cannella,
che caratterizzava i dolci di quei posti. Si andarono a sedere
in fondo, vicino alla vetrata, e dalle ampie finestre aperte,
arrivava l'odore dell'oceano. Fecero velocemente colazione,
e poi uscirono dall'albergo, per mettersi in macchina. La
strada lui la ricordava bene. Avrebbero di nuovo attraversato
la cordigliera, per scendere poi, verso la vallata che
conduceva in città. Aveva la sensazione di ripercorrere a
ritroso, anche le tappe della sua vita, insieme alla strada, ed
ai chilometri da percorrere. E non sapeva ancora dove lo
avrebbe condotto, quel lungo cammino. Ma il suo carattere
pragmatico, gli venne ancora una volta in aiuto. E si
convinse, che in ogni caso, qualsiasi cosa sarebbe successa,
si poteva ritenere soddisfatto di aver fatto la cosa giusta. E
avrebbe ancora una volta accettato, quello che la vita aveva
in serbo per lui. E poi quel panorama che aveva davanti, non
lo avrebbe dimenticato tanto facilmente, e si poteva ritenere
fortunato, di aver conosciuto un vero e proprio paradiso.
Niente a che vedere con la sua Milano. Già gli sembrava di
sentire quella sottile umidità, che caratterizzava le lunghe
giornate di nebbia! Quella parte di sé, che era rimasta
fortemente legata alla sua vita di sempre, alla sua casa
d'aste, e alla sua attività commerciale, lo spingeva a
focalizzare l'attenzione e le sue forze verso un facile rientro
a casa, che gli avrebbe reso la scelta semplice, e poco
meditata. Eppure c'era qualcos'altro, che gli faceva
coltivare la speranza di condividere una parte della sua vita
con quelle persone, e rimanere ancora lì, e soprattutto c'era
lei, Luna, da cui non riusciva a staccare i suoi pensieri.
Ormai era chiaro, quello che fino a quel momento aveva
percepito in maniera vaga e confusa, ora non gli lasciava
dubbi. Voleva assolutamente rivederla. Guidava sicuro lungo

la strada dritta, costeggiata da alberi. Il percorso che fino a quel momento era in salita, ora cominciava lentamente a declinare verso la valle. Da quell'altezza il mare era una macchia turchese, incorniciata da una leggera spuma bianca. E ora il sole picchiava forte, e la luce abbagliante si rifletteva sull'asfalto rovente. La giornata era particolarmente calda, e mancava ancora un'ora buona per arrivare a Santo Domingo. Avevano portato con sé un po' di scorte di acqua da bere, perché entrambi sapevano bene che il caldo in quelle ore del giorno era forte, anche se l'impianto di aria condizionata dell'auto reggeva bene, nonostante fosse abbastanza vecchiotto. Fecero quel pezzo di strada per arrivare in città in silenzio, un po' per la stanchezza, e un po' perché ognuno di loro era immerso nei propri pensieri. Ormai era quasi mezzogiorno, ed erano scesi a valle, e percorso un lungo tornante, Luca vide quelle vecchie case che aveva visto l'ultima volta che era stato lì. E ricordò i ragazzini che giocavano a palla, ridendo felici, e salutandolo calorosamente. Ora la strada era deserta, e mancavano ancora una manciata di chilometri, per arrivare in centro. "Siamo quasi arrivati, dopo il viale principale dobbiamo svoltare a sinistra, e salire lungo una stradina che porta alle vecchie abitazioni. È lì che vive tua figlia con i ragazzi." "Ok, non vedo l'ora, anche se questa cosa mi fa molta paura. Non la vedo da anni, e lei può aver pensato che io l'abbia abbandonata, ed è così purtroppo, anche se non ho mai smesso di tenerla nel mio cuore."
Si arrampicarono tra quelle stradine sempre più strette, dove l'odore acre di cipolla, si mescolava a quello dei sigari che fumavano i giovani dominicani. Una donna che beveva da una bottiglia di rhum, li osservò con insistenza, e da una tenda semiaperta, altre due giovanissime sorrisero loro, invitandoli con i loro sguardi ad entrare. Manuel abbassò lo sguardo, e sospirò a lungo, pensando alla sua giovane figlia che viveva in quel posto, dove suo marito l'aveva costretta. Ed era anche colpa sua... "Ecco siamo arrivati, coraggio."

Luca aveva riconosciuto la tenda turchese che era messa sull'uscio di casa di Luna, e dall'interno si sentivano delle voci. Entrambi si fermarono lì, poi finalmente si decisero ad entrare. Un buon odore di minestra di verdure si spandeva nell'aria, e Manuel ricordò quella che cucinava la moglie, e aveva insegnato alla figlia quando era poco più che adolescente. Il cuore dell'uomo cominciò a battere più in fretta. Entrando lì, si sentì proiettato indietro nel tempo, e la sensazione di sentirsi a casa, invase la sua mente.

Le risate dei bambini ora erano più nitide, ma sopra di loro, si sentì distintamente la voce di Luna. "Ehi fate silenzio, mi è sembrato di sentire un rumore di passi, deve essere entrato qualcuno." Non aveva fatto in tempo a finire che Pedro già si era precipitato fuori, ed era lì, inchiodato di fronte a loro. Lo stupore sul viso del bambino, lasciò rapidamente il posto ad un largo sorriso di gioia. E proprio in quel momento comparve lei, Luna, con in braccio il piccolo Ramon. "Papà...Luca...com'è possibile, non riesco a capire." Ci volle un bel po' di tempo per spiegare tutto quello che era successo, e la corsa di Luca verso il piccolo villaggio dove abitava Manuel, e la sua caparbietà nel non abbandonarli. E poi il quadro, e il suo reale valore di cui Luna non era a conoscenza. E la tristezza del vecchio padre, che più volte aveva chiesto scusa alla figlia per non aver avuto il coraggio di venire a cercarla. Ma più di tutto, quello che stupiva la giovane donna, era il fatto che quell'uomo, quello straniero non era lì per caso. Ed era lui, che era riuscito finalmente a farli avvicinare, a farli rivedere, e questo per lei era una gioia immensa. Suo marito l'aveva abbandonata, e lei ora faceva l'impossibile per garantire ai bambini il cibo per sfamarli, ma ci riusciva, e mai si era sognata di chiedere a qualcuno. Improvvisamente sentì su di lei lo sguardo di Luca. Quel misto di ammirazione e dolcezza, che l'aveva turbata fin dal primo giorno. Ma era possibile? Quell'uomo ricco, uno straniero si interessava veramente a lei? Ed era sincero? Manuel sorrise, e questo le bastò. E le sue parole, non le lasciarono più dubbi. "Sai Luna, nessun uomo ha fatto per me, quello che ha fatto Luca, mi ha ridato la felicità, ha fatto in modo di farci rivedere, e ha messo da parte i suoi impegni, e la sua vita di sempre, per riportarmi qui. Era partito per una tela di valore, per cercarla, trovarla, e impegnarsi a venderla, ma poi ha continuato a inseguirmi, anche quando io gli avevo detto che non avevo nessuna intenzione di disfarmene. Ora è finalmente tua, ne puoi fare quello che vuoi. E ti darà il benessere, a te e ai tuoi figli. E se c'è un piccolo posto anche per me, nella tua vita, te ne sarò immensamente grato." I due si abbracciarono, e sottili lacrime scesero lungo le guance di entrambi. Luca non sapeva cosa fare, e incrociò lo sguardo di Pedro. La sua manina prese la sua, e i suoi occhi lo fissarono seri. "Ora promettimi che non te ne andrai più, devi rimanere anche tu con noi." "Pedro, non puoi dire questo, è vero anch'io ne sarei felice, ma lui è libero di fare quello che vuole." Luna aveva parlato tutto d'un fiato senza rendersene conto, e poi subito abbassò lo sguardo... "Non vi libererete di me tanto facilmente!" Fu la pronta risposta. Ora lo sapeva, anche lei provava per lui gli stessi sentimenti, e questo poteva bastare. Poteva finalmente dare un senso a quel viaggio, e soprattutto a tutto quello che inspiegabilmente aveva fatto in quella settimana, senza che ce ne fosse un reale motivo. Ed ebbe la certezza che i pezzi della sua vita, che si erano sparsi in giro per il mondo, ora riuscivano a trovare la loro giusta collocazione. Quello che era certo, è che da quel momento avrebbe dato retta al suo istinto, più di quanto aveva fatto fino a quel momento. E si era reso conto, che solo l'amore, e la condivisione ti facevano sentire nel posto giusto. Solo il tempo gli avrebbe fatto scoprire se quel desiderio di rimanere lì con Luna e i suoi figli, si sarebbe tramutato in una vita felice. Ma sentiva che valeva la pena di rischiare, come del resto aveva fatto da quando era sbarcato lì, su quell'isola. Era un vero e proprio fiume di pensieri che invadevano la sua mente, e del resto stava per prendere una decisione non facile, era normale che la cosa lo facesse sentire turbato. C'era anche Milano, e la sua casa d'aste, sarebbe riuscito a mettere insieme tutti quei pezzi? Come avrebbe fatto ad organizzarsi? E Luna cosa avrebbe voluto fare? "Sono felice di tutto quello che è successo, e soprattutto del fatto che mi hai riportato mio padre, non avrei mai pensato che potesse succedere veramente. Ma ora devo chiederti un'altra cosa, un favore che solo tu puoi farmi. Voglio vendere quel quadro, e se me lo consenti verrò a Milano con te, per organizzare questa cosa. Ma prima devo farne una copia, perché il mio desiderio è che rimanga qui una parte di esso in memoria di mia madre, che lo ha custodito per tanti anni. Però con quei soldi si possono fare molte cose, e ho bisogno anche di qualcuno che mi aiuti in questo, per investirli nel modo migliore." "Si certo sarò felice di aiutarti. Sai quando sono venuto qui ho conosciuto un uomo, un italiano che ha una produzione di vini. Mi è stato di grande aiuto, e soprattutto mi ha fatto capire che oltre al lavoro è necessario inseguire anche i propri sogni. E così si è inventato un tipo di vita tutto particolare. Alterna la propria vita tra l'Italia e i Caraibi, dove ha comprato una villa meravigliosa, e viene ogni volta che può. Per me sarebbe fantastico poter realizzare la stessa cosa, e condividere questo sogno con te." Il viso di Luna si illuminò, e non le sembrava vero che quell'uomo, a cui non aveva mai smesso di pensare, le stesse facendo quella proposta, e i suoi occhi si incrociarono con quelli di Pedro, che si sentiva in quel momento particolarmente soddisfatto. Era tutto merito suo averli fatti incontrare! "Mi sembra una bellissima idea, così avrò modo di seguirti a Milano, e non andarmene via da qui, dove vorrei crescere i miei figli. Potremmo costruire un albergo con i soldi del quadro, e dare lavoro a loro, e a tante altre persone. E tu, con la tua esperienza mi potrai dare i consigli giusti." Manuel ripensò a sua moglie, alla cura con cui aveva cresciuto Luna, e all'amore che lui provava per entrambe. Non c'era giorno in cui non pensasse al suo viso, e al suo sorriso. Ma ora avrebbe potuto riposare in pace, si era avverato quello che lei aveva tanto sperato. La "danza delle donne al chiaro di luna", il quadro che aveva custodito con tanta dedizione in tutti quegli anni, aveva avuto il potere di ricongiungere la sua famiglia e avrebbe finalmente regalato la felicità alla sua tanto amata figlia.

FINE

INDICE

In copertina quadro
caraibico
(collezione privata

Printed in Great Britain
by Amazon

71097937R00092